파로스

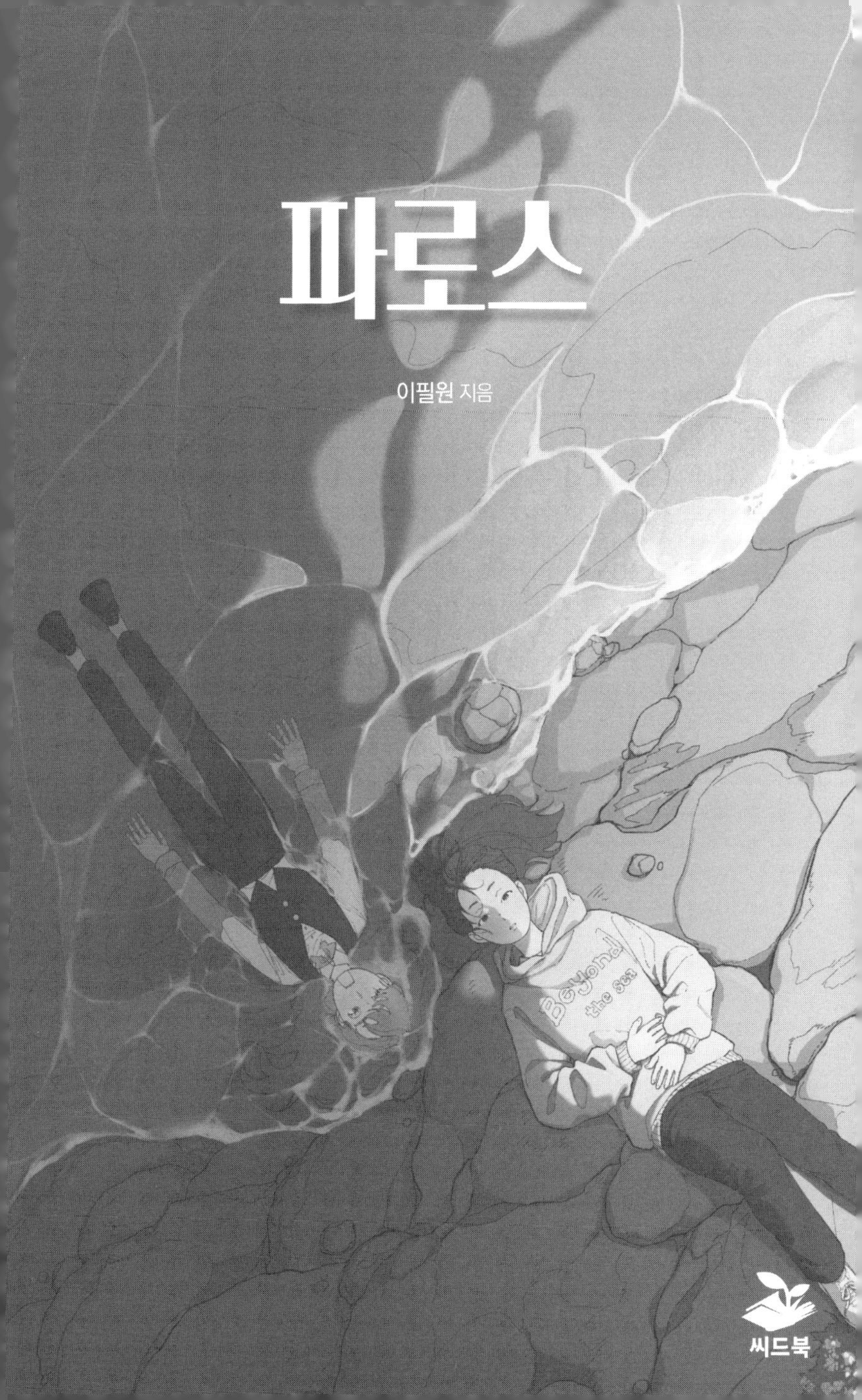

파로스
이필원 지음
Beyond the sea
씨드북

차례

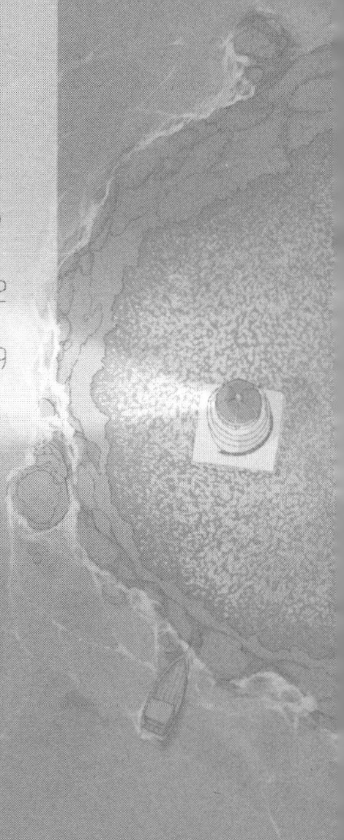

생존자

사나운 비바람이 높이 27미터의 등대를 사정없이 후려쳤다. 사람이 살지 않는 사숙도에 사람 우는 소리를 닮은 바람 소리가 구석구석 울려 퍼진다. 바깥에서 하늘이 소란스럽게 울어 댔다. 육안으로 확인하지 않아도 등롱 지붕에 있는 풍향기가 미친 듯이 돌아가고 있다는 것을 알 수 있었다. 엊그제 시작된 폭풍우는 도무지 수그러들 기미가 보이지 않았다. 이대로 세상의 마지막 날까지 폭우가 쏟아질 것만 같았다.

LED 손전등을 입에 문 정민은 최대한 기척을 죽이고 무선 표지판을 확인했다. 언제나 형광 연두색으로 반짝이던 통신 장치가 거짓말처럼 암흑이다. 손으로 발전기를 몇 번 쳐 봤으나 사라진 디지털 신호는 잡히지 않고 있다. 이제야말로 완전히 고립된 건데, 두 번째 정전이 발생하자마자 즉시 예비 전력을 가동시켰지만 이번에는 완벽히 복구되지 않을 거라고 정민은 생각했다.

지상에 있으면서도 초심해대에 잠겨 버린 기분이 들었다. 오늘로 벌써 90일째, 바다 위에 떠 있던 모든 생생한 증명이 한순간에 사라져 버렸고 그러는 동안 계절이 바뀌었다. 겨울이 가고 봄이 왔는데도 드넓은 바다에 조업 중인 어선이라고는 단 한 척도 보이지 않았다.

등화실에서 나온 정민은 나선형 계단을 천천히 내려갔다. 금방이라도 다리에 힘이 풀릴 것 같아서 몇 번이나 난간을 붙잡고 멈춰 서야 했다. 얼마 남지 않은 냉동식품과 복숭아 통조림을, 그마저도 날마다 아껴 먹고 있다 보니 자주 어지러웠다. 현기증의 주요 원인은 극심한 스트레스와 허기일 테지만 최대한 외면하고 있는 외로움도 한몫할 것이다.

1층에 다다른 정민은 손전등 불빛을 껐다. 혹시 모를 위험에 노출되지 않으려고 차라리 어둠에 익숙해지는 쪽을 선택했다. 등명기 역시 불을 밝히지 않은 지 오래인데, 특별히 결함이 있는 건 아니었다. 쇠기둥 부분이 조금 녹슬긴 했어도 점등하는 데 문제가 될 정도로 부식되진 않았다. 자발적으로 전원 스위치를 내려서 소등 상태를 유지하고 있는 거였다. 어로를 밝히는 등대의 역할이 무의미한 시기였고 무엇보다 어두운 밤바다를 섣불리 밝혔다가 공격받을 수도 있어서 조심하고 있는 참이었다. 이 수상한 시절에 굳이 나 여기 살아 있어요, 하고 여기저기 소문낼 필요는 없으니까.

낮도 밤처럼 여기게 된 정민은 휴대폰으로 목격한 육지 위의 모습을 하루에도 몇 번씩 떠올렸다. 마지막으로 접속한 SNS에는 이제까지 본 적 없던 참혹함이 넘실거렸다. 그것들은, 그러니까 붉은 거인들은 닥치는 대로 지상의 모든 것을 파괴했다. 건물을 부수고 긴 팔과 촉수를 뻗어서는 근접 사격하는 전투기를 바닥에 장난감처럼 내팽개쳤다. 그들이 지나가는 길목마다 회생 불가능한 폐허가 되고 있음을 전했던 텔레비전은 이제 아무것도 송출하지 못하고 있다. 한때 밤낮으로 휴대용 라디오 채널을 돌려 보았지만 모든 채널이 고요하거나 잡음이 튀었다.

제대로 무너진 세상은 이제 그 무엇도 재건되지 못할

것 같았다. 모든 것이 지워진 세상에서 혼자 눈감게 될 모양이라고 정민은 매일 밤 생각했다. 골똘히 생각하며 한숨 쉬다가도 아니야, 그래도 혹시 몰라, 하며 아랫입술을 윗니로 누른 채 머리를 굴렸다. 살아남자. 가능하면 오래. 나는 기다리는 사람이 있어. 만나야 할 사람이 있어.

그렇게 마음먹었다고 해서 남은 날을 보람 있게 살아갈 욕심이 있는 건 아니었다. 실은 자주 모든 걸 포기하고 싶었다. 오로지 정민만이 여기 사숙도 등대에 남겨져 홀로 살아 있는 것 같아서 의자에 앉아 있어도 주저앉고 싶은 기분이 들었다. 차라리 당장 습격이라도 받아 두 눈을 감는 편이 낫지 않나 싶은 무력감까지 밀려들면 어떻게 해야 좋을지 몰랐다.

언제까지 살아남을 수 있을까. 오늘 아니면 내일. 운이 좋으면 다음 주까지 무사할 수 있을까. 마지막 순간이 금방이라도 정민을 덮칠 것만 같았고 그렇게 되면 어떠한 저항도 하지 못할 것이다. 죽음은 누구도 피할 수 없는 거니까. 정민은 착잡한 얼굴로 팔각형 등탑 바깥을 내려다보았다. 번갯불 아래에서 거칠게 출렁이는 파도의 윤곽이 보였다. 파도는 암벽 쪽으로 높이 밀려와 하얗게 부서지고 있다.

하얀 콘크리트 등대. 광달거리는 50킬로미터. 외벽에는 금이 가서 칠이 떨어지거나 홈이 파인 곳이 군데군데 있었지만, 미관상 좋지 않을 뿐 안전에는 문제없다는 이유로 보수 공사를 미루었던 오래된 등대. 수많은 여객선의 기항지 중 한 곳이었지만 그마저도 발길이 끊긴 외딴섬. 기암괴석을 배경으로 온갖 야생화가 피어 있는 이 무인도에서의 고립이 도대체 얼마나 갈까.

습관처럼 한숨을 내쉴 뻔한 정민은 건조하게 갈라진 손등으로 입술을 꾹 눌렀다.

사숙도를 가운데 두고 거센 조류가 흘러서 외따로 떨어져 지내는 시간이 많았지만, 이젠 그보다 불편한 현실이 더해졌다. 그날로부터 꽤 오랜 시간이 흘렀다. 그들은 지구의 대기권 바깥에서 오지 않았다. 세상을 끝낼 절체절명의 위기는, 지난겨울 깊은 바닷속에서 수면 위로 올라왔다.

안개 속에 노랑 유채꽃이 흐렸다. 정민은 참을성 있게

다음 순간을 기다렸다. 멀리서 불어온 바람이 부연 안개를 절벽 아래로 밀어내면 동백나무 군락지의 붉음을 볼 수 있다. 여기 이 섬에 얼마 남지 않은 아름다움이었다. 이른 아침 등대 밖으로 나온 정민은 바닷바람을 깊이 들이마셨다.

밤새 거셌던 날씨가 잠잠해지고 약간 흐리기만 했는데, 먹구름 사이로 푸른 하늘이 조금씩 보였다. 날이 개서 다행이라고 중얼거리며 정민은 등대 앞을 오갔다. 무릎을 과장되게 들어 올리며 걷는 건 짧은 시간 온몸을 최대한 움직이려는 노력이었다. 그날 이후 멀리까지는 못 가고 등대 근처에서만 잠깐씩 산책하곤 했다. 혹시라도 무슨 일이 생기면 언제든 원형 건축물 안으로 숨을 수 있도록.

바닷바람이 정민의 머리카락을 헤집어 놓았다. 시야를 가리는 머리카락을 손으로 빗어 넘기던 정민은 후드티 앞주머니에서 고무줄을 꺼냈다. 긴 머리를 모아 묶는 정민의 위로 괭이갈매기 몇 마리가 빠르게 날아갔다. 지금 이 순간의 평온함이 오래가지 않을 거란 예감이 들 때마다 정민은 어쩔 수 없이 유민이 보고 싶어졌다.

여덟 살 터울의 언니인 유민은 처음 등대원이 되자마자 바닷가에서 조용하고 무료하게 살 자신이 있다고 말했다. 정민은 그런 언니 곁에서 지내며 바다 내음에 점차 익숙해져 갔고 그러는 동안 덩달아 바다와 등대에 마음을 빼앗겨 수습 등대원이 되었다.

그들이, 그것들이 올라왔는데, 유민은 어디로 갔을까. 오늘도 어제와 같은 걱정을 안고 바다를 보고 있는 정민은 실종된 언니에 대해 걱정하느라 완전히 외로울 수 없겠다고 생각했다. 이 섬에서 사람이 갈 만한 곳은 전부 가 본 것 같은데 여전히 유민의 행방을 알 수 없었다.

사숙도와 육지를 오가는 배가 잠깐 멈춰 짐이나 사람을 실어 나르는 선착장. 해안가가 내려다보이는 가파른 절벽. 상앗빛으로 빛나며 가끔 상표가 빛바랜 쓰레기가 파도에 실려 와 박히는 모래사장. 그 어디에서도 유민은 보이지 않았다. 유민이 어디에 있든 무사하길 바라는 한편, 동생인 자신에게 별다른 말도 없이 사라진 것이 정민은 괘씸했다.

바다가 좋다고 입버릇처럼 말하다가 기어코 섬에 들어와 사는 사람이 됐으면서 바닷속에 들어가 지내는 비법이라도 얻은 걸까. 어디 영험한 바다거북의 등 위에라도 올라타서 섬 생활은 이제 지루하니 용궁 구경이나 시켜 달라고 빌었을까. 엉뚱한 유민이라면, 보통 사람은 맞닥뜨릴 수 없는 신비로운 일에 순식간에 휘말릴 것이다. 기꺼이 그것을 받아들일 테고 말이다.

어디로 갔든 유민이 금방 돌아왔으면 좋겠다. 대체 어디에 있는 걸까. 산보다 바다가 좋아. 누가 너 산에서 살래 바다에서 살래, 하면 두말 않고 바다죠, 할 만큼 좋아,라고 말했으면서 섬과, 등대와, 나를 두고 어디로 간 거냐고. 정민은 생각할수록 서운한 마음이 들었다. 덕분에 온갖 위험이 도사리는 세상에서 혼자인 처지가 됐으므로.

언젠가 왜 바다를 그토록 좋아하는 거냐고 유민에게 물은 적 있었다. 그때 유민은 '적당히 말이 많아서'라고 대답했다. 말수 적은 유민은 바다의 수다스러움이 믿음직스럽다고 했는데 그게 대체 무슨 말이냐고 물으면 그런 게 있다고 했다. 그러면서 바다에 비하면 산은 과묵하지, 나만큼이나 말이 없지, 중얼거렸었다.

정민은 가까이에서 맴도는 이름 모를 바닷새를 올려다보았다. 바람이 아무리 불어도 그대로 저만의 비행을 하고 있는 새들을 눈으로 쫓는 동안 바다는 여전히 검푸르다. 언니도 어딘가에서 혼자 바다를 보고 있을까. 혼란스러운 가운데 수평선이나 멍하니 보고 있을까. 그런 생각이 들면 정민은 등대에만 틀어박혀 있을 수가 없어 출입구에서 한참을 서성였고 오늘도 유민을 걱정하며 왔다 갔다 할 자신이 어렵지 않게 그려졌다.

그러니까 정민이 사숙도로 들어온 건 유민이 보낸 편지 때문이었다. 바다에도 봄이 왔다는 문장으로 시작한 편지는 더 바빠지기 전에 놀러 와 보고 싶어, 하고 끝났다. 곧 수습 딱지를 떼고 정식 등대원이 될 정민이 자랑스럽다는 추신도 편지 말미에 적혀 있었다. 그 편지를 배낭 앞주머니에 넣은 채 간단히 짐을 꾸려 버스와 기차와 택시와 섬을 잠시 거쳐 가는 작은 선박을 타고 온 지 어느덧 세 달이 훌쩍 지났다.

정민은 시간의 흐름에 새삼 탄식했다. 유민이 외출을 결심한 날 오후에는 안개가 자욱하게 꼈었다. 선착장에 잠시 다녀오겠다며 등대를 나선 그날, 정민은 유민을 혼자 보낸 것이 이제까지 후회되었다.

“어쩔 수 없었어.”

같은 말을 두어 번 더 중얼거린 정민은 볼 안쪽을 혀로 누르며 다짐했다. 당분간 유민에 대해 생각하지 않겠다고. 오로지 여기서 어떻게 살아남을 것인지, 생존에만 몰두하겠다고.

정민이 사숙도를 떠나지 않고 있는 건 유민이 돌아올 수도 있다는 희망과 더불어 섬이 가진 고요한 아름다움 때문이다. 희귀한 동식물은 물론이고 태풍이나 폭설, 안개 등 궂은 날씨를 피부로 느낄 수밖에 없는 곳이다. 그럼에도 불구하고 이 섬에, 사숙도 안에 자신을 고립시킨 이유는 오로지 등대 때문이었다. 말하자면 등대를 중심으로 한 모든 풍경에 마음을 빼앗긴 탓이다. 한 사람의 마음을 수치화할 수 있다면 정민의 마음에 바다와 등대가 차지하는 비율은 절반 이상이었다.

아름답고 쓸쓸한 이곳에서 어떻게 살아남을까. 그것들이 바닷속에서 올라온 상황에서 무슨 수로 나와 등대를 지켜 나가며 생존할 수 있을까.

이전까지 생각했던 다음보다 더 먼 다음을 헤아리는 정민의 눈빛이 오랜만에 생기를 띠고 반짝였다.

발견

괴생명체의 습격이 있고 나서 정민의 하루는 철제 사다리를 타고 내려오는 일부터 시작했다. 유민의 어깨 너머로 보고 들었던 사숙도 등대에서의 업무를 이제 정민이 이어 가고 있다. 등대 2층에 마련된 사무소 겸 숙소에서 내려온 정민은 조력 발전기와 파고 측정기 등의 첨단 장비의 패널에 불빛이 들어오고 있는지 점검했다.

일출과 일몰마다 10분 전후로 자동 점멸하는 등명기가 제대로 빛을 내는지도 확인해야 했는데, 예전처럼 밤새 불을 켜 둘 수는 없어서 아주 잠깐 등명기의 전원 버튼을 눌러 불빛이 잘 들어왔다가 꺼지는지 확인하는 수준이었다. 유인 등대라지만 대부분 자동화가 되어 있어 일일이 기계실에 가서 버튼을 누르거나 레버를 내리는 일은 하지 않아도 됐다. 업무 일지 역시 태블릿에 입력하고 나서 20일마다 해양수산부 계정으로 전송하면 끝이지만, 지금은 많은 과정을 생략하고 있다. 일상이 정지되거나 유예된 세상이어서 가능한 일과였다.

선박들의 운항을 지켜 주기 위해 바닷길을 밝히며, 주기적으로 해양 기상을 관측하는 현장에서 정민은 내내 외면했던 마음을 드디어 올곧이 바라보기 시작했다. 어딘가에 살아 있을 누군가가 사숙도에 찾아올 날을 기다리고 있지만, 그 누군가가 다른 누구도 아닌 유민이었으면 좋겠다는 바람을 속에서 쌓아 올리는 일이 이제는 사치에 불과하다고.

그러니 이렇게 죽은 듯 살 수만은 없다는 무의식이 손을 뻗어 뒷덜미를 잡아 끌어당기는 것처럼 느껴지는 게 아닐까. 그 손은 실체가 없었지만 오늘만큼은 실재하는 것 같았다. 정민은 섬 바깥에 생존해 있는 사람이 있을지도 모른다고 다시금 생각했다. 어쩌면 저 바다 위에 표류하고 있을지도 모른다. 혹시 그들이 바닷길을 나섰다면, 만에 하나 그렇다면 여기 사숙도에 홀로 남은 정민을 발견할 가능성을 조금이라도 만들어 놔야

했다. 저 바다 건너에 무엇이 기다리고 있는지 확인할 방법이 없는 지금, 그것만이 정민이 할 수 있는 최선이었고 오랜만에 침묵을 깰 차례였다.

—난간에서 돌미역 좀 그만 말려! 등대 전체가 무슨 언니 주방이야?

결연한 얼굴로 생각에 잠겨 있던 정민은 어떤 웃음소리를 들은 기분에 휩싸여 주변을 두리번거렸다. 투정 섞인 목소리가 바람결에 실려 온 것 같았고 그 목소리의 주인이 자신이라는 것을 깨닫고 정민은 헛웃음을 지었다. 너무 외로워 환청을 듣는 건가.

—왜? 잘만 먹으면서 맨날 뭐라 하네.

이번에도 익숙한 목소리가 귓바퀴를 타고 흘렀다. 유민의 목소리였다.

정민은 고개를 숙이며 피식 웃었다.

고독감에 잡아먹히지 않으려면 역시 움직이는 수밖에 없다.

며칠 동안 폭풍우의 요란함에 기대어 아무것도 하지 않았으니 오늘은 뭐라도 해야 한다. 그런 생각을 하며 정민은 발걸음을 멀리 옮겼다. 드문드문 이어져 온 조그만 결심이 등을 떠밀었다. 정민은 보이지 않는 그 힘을 느끼며 기지개를 켰다. 입에서 앓는 소리가 절로 나왔다.

박공 양식으로 장식된 등대의 출입문 문턱을 넘어 주황색 구명조끼를 꺼내 입은 정민은 등부표를 점검하려고 선착장으로 내려갔다. 조심스럽게 내딛는 발걸음에 점차 힘이 실렸다. 단단히 매어 둔 보트는 밤사이 몰아친 비바람 때문에 잔뜩 젖어 있었지만, 배터리 스위치를 올리자 멀쩡히 시동이 걸렸다.

"……됐다."

저도 모르게 중얼거린 정민은 선착장 주변을 황급히 둘러보았다. 정민을 덮치려고 달려드는 괴생명체 같은 건 보이지 않고 파도만 밀려왔다가 부서지길 반복했다. 정민의 입꼬리가 서서히 올라갔다.

그동안 왜 망설였을까.

보트의 진동음을 들으며 정민은 진작에 나올걸 하고 후회했다. 주위를 둘러봐도 바다는 바람 부는 대로 파도만 일으킬 뿐 잠잠했다. 능숙하게 키를 돌려 등부표로 향한 정민은 오랜만에 바다로 나왔다는 사실에 두

근거리면서도 초조해졌다. 별일 없을 거라고 되뇌며 블루투스로 연결해 놓은 등부표 가까이에 보트를 댔다. 항로 표지를 살피는 동안 파도는 시시각각 검푸른 빛으로 반짝였다. 그 빛깔에 동요되어 바다로 몸을 던지지 않으려고 점검 업무에 온 정신을 기울였다. 침추에 연결된 쇠사슬을 한참 살피던 정민은 멀리 사숙도 등대를 바라보았다.

조금 전까지 머물렀던 등대가 여전히 거기 그 자리에서 있다. 언젠가 유민은 말했었다. 선조들은 바다 위에서 보는 등대 불빛을 도깨비불이라고 부르기도 했다고. 그 이후 바닷가의 등대는 연인들이 사랑을 맹세하려고 방문하는 데이트 명소가 되었으니 결국 두려움 아니면 애정의 대상이 된 셈이라고 말하며 유민은 키득거렸었다.

두렵거나, 사랑스럽거나.

유민이 등대의 여러 쓸모를 뿌듯해했듯이 정민 또한 시대마다 다르게 평가되는 등대의 존재를 곱씹어 볼 때마다 자랑스러워졌다. 모든 연락이 끊긴 정민에게 등대는 듬직한 보호자나 마찬가지였고 바다를 환히 비추는 등명기의 불빛을 생각하면 지금도 각기 다른 시간대에 사는 존재들이 파도를 타고 건너가고 있다는 생각이 드는 것이다. 그러니 낮에 보는 등대가 밤에 보는 등대만큼 아름다운 거겠지.

멀리서 밀려오는 파도가 보였다. 두 눈을 게슴츠레 뜬 정민은 곧 헛숨을 내쉬었다. 자세히 보니 파도만이 아니다. 파도 아래 '그것'을 발견한 정민은 가까스로 비명을 삼켰다. 엎드린 채 유영하고 있는 거인은 아마도 잠들었거나 죽은 듯했는데 머리 모양은 마치 타오르는 불꽃처럼 보였다.

번들거리는 붉은색 피부. 초대형 유조선보다 거대한 몸집. 사람으로 치자면 어깨에 해당하는 부위에 길게 매달려 물살에 흔들리고 있는 낚싯대 모양의 날카로운 촉수. 동화 속의 기묘한 삽화를 보는 것 같았지만 그것은 활자 옆에 인쇄된 그림 따위가 아니었다. 등줄기를 타고 소름이 돋은 정민은 서둘러 보트에 시동을 걸었다. 깊은 잠에 빠져 있는 터라 이까짓 모터 소리에는 제발 깨어나지 않기를 간절히 바라며.

다행히 괴생명체는 파도치는 대로 이리저리 조금씩

움직이기만 했다. 보트 뒤편으로 물살이 거세게 출렁거렸지만, 깊은 잠에 빠지기라도 한 건지 꼼짝도 하지 않았다. 정민은 떨리는 손으로 보트를 몰았다. 빨리, 빨리, 더 빨리. 속으로 빌며 선착장만을 노려보았다. 엎친 데 덮친 격으로 물살이 거세졌다. 이대로 그것에게 습격당하여 보트가 뒤집힌대도 이상하지 않을 일이었다.

그때 보트가 뭔가에 걸려 앞으로 나아가지 않았다. 퉁, 퉁. 모터 돌아가는 소음 사이로 둔탁한 것이 자꾸 부딪히는 소리가 들렸다. 한시가 급한 순간에 암초에라도 걸린 건가 싶어 내려다보는데 웬 은회색 물체가 부표에 팔을 걸친 채 엎어져 있는 게 보였다. 정민은 믿기지 않아 눈썹을 찡그렸다.

여자아이인가 싶었지만 사람이 아니었다.

로봇이었다.

말 없는 로봇

붉은 나비 넥타이를 맨 로봇은 턱시도 차림이었다. 정민은 로봇의 외관을 보고 그것이 바다에 휩쓸리며 떠돌기 전 어떻게 활용됐는지 어렵지 않게 알아차렸다. 각종 일터에 사람 대신 고용된 로봇 중에는 피아노를 연주하거나 바이올린을 켜는 식의 음악가 타입이 있었는데, 로봇의 턱 밑에 각인된 'A'를 보아하니 아티스트형으로 보급된 게 확실해 보였다. 유명 음악가의 연주 패턴을 따와 클래식을 연주하는 로봇이 있다고는 들었지만 실제로 본 건 처음이었다.

정민은 등대 출입구까지 가까스로 끌고 온 이족 보행형 로봇을 곤란한 눈초리로 바라보았다. 정민의 가슴께까지 오는 로봇은 그 무게가 과연 만만치 않았다. 바다에 몸을 담갔다 오기라도 한 듯 땀으로 흠뻑 젖은 정민은 이상하게도 지치지 않았다. 지금 이 순간 정민이 궁금해하고 집중하는 문제는 로봇의 작동 유무뿐이었다.

잠깐 홀린 걸까. 외로운 나머지 누구라도 만나고 싶은 마음이 로봇을 사람인 양 데려오게 만든 거였다.

한숨을 삼킨 정민은 허리춤에 두 손을 얹었다. 일을 저지르고 나서 후회하면 대개 손쓸 방도가 없다. 로봇은 사람이 아닌데 데려와서 뭘 어쩌잔 말인가. 괜한 짓을 했다는 생각이 연거푸 어깨를 무겁게 만들었다.

그나저나 이 녀석은 어쩌다가 바다에 떠다니게 된 걸까. 탑승했던 호화 유람선이 난파되기라도 한 건가. 어쩌면 오랜 시간 파도에 휩쓸려 떠다니며 부식됐을 수도 있다. 그러므로 힘들여 데려온 로봇이 움직이고 말하는 모습을 볼 가능성은 현저히 낮았다.

한숨 돌린 정민은 괜히 턱을 긁적였다. 눈에 띄는 버튼을 이것저것 눌러 보았지만 역시 아무런 일도 일어나지 않았다. 로봇은 전원이 들어오지 않고 그 때문에 어느 부위가 고장 났으며 어떤 식으로 수리할 수 있는지 알 방도가 없었다. 이제까지 정민의 삶은 0과 1로 이루어진 데이터와는 거리가 멀었고, 가사 노동용으로 보급된 로봇을 구매할 여유도 없었기에 전시회장에서나 볼 법한 조각 작품을 엉뚱하게 손에 넣은 기분이 들었다.

"……사람인 줄 알았는데."

정민은 실망 어린 목소리로 중얼거렸다. 정말이지 처음 로봇을 봤을 땐 생존자라도 발견한 줄 알았다. 인간의 형체를 한 무언가가 저기 있고 그것이 신기루나 헛것이 아니라는 반가움이 판단력을 흐트러뜨린 것이다.

"바보 같기는."

정민은 허탈하게 웃었다. 사람이 아닐지라도 같이 있고 싶은 마음에 수고로움을 무릅쓰고 고물을 끌고 온 셈이다. 가뜩이나 기력이 바닥난 상황에서 쓸데없이 힘을 쓰고 말았다. 정민은 멍하니 로봇을 내려다보다가 바닥에 깔아 둔 종이 상자 위에 로봇의 상체를 올려 햇빛이 잘 들어오는 창가 아래로 옮겼다. 외부로 돌출된 패널은 보이지 않았지만 정민이 용도를 못 알아차리고 있을 가능성도 있었다. 사람을 본떠서 만든 로봇은 몸에 내장된 패널로 태양열을 받아들여 배터리 소모가 되었을 때 보조 동력으로 사용한다고 오래전 들은 적이 있다. 로봇이 막 시중에 판매될 때 나온 말이었으니 그로부터 많은 게 바뀌었을 테지만 어쨌든 밑져야 본전이었다.

정민은 목덜미에 흐르는 땀을 닦아 내다가 문득 숙소가 있는 3층을 올려다보았다.

우선 뭐라도 해 봐야 한다는 생각이 머릿속을 회오리처럼 휘돌았다. 할 수 있는 시도는 일단 다 해 보자. 지금 할 수 있는 모든 것을. 제아무리 내구성이 강한 로봇이어도 바닷물에 속수무책이겠지만, 어쨌든 몸체만은 온전했으니 어떻게든 해 보자고 결심한 정민은 단숨에 계단을 뛰어 올라갔다. 잠시 후 1층으로 내려온 정민의 품 안에는 마른 수건 대여섯 개가 있었다.

“읏차.”

로봇 앞에 쭈그려 앉은 정민은 망설이다가 손을 뻗었다. 오래된 신문지로 로봇의 물기를 닦아 내고 수건으로 조심스럽게 문지르는 과정이 몇 차례 반복됐다. 시간의 흐름 같은 건 제쳐 두고 몰두하던 정민은 저도 모르게 입술을 삐죽 내밀었다. 건조시키는 것이 최우선일 것 같았으므로 본능이 시키는 대로 로봇 말리기에 열중

했다. 드라이기로 말리거나, 난로 가까이에 두면 좋을 테지만 등대에서 전기를 사용 못 한 지 오래여서 손을 바삐 움직이는 수밖에 없었다.

마른 수건과 신문지는 순식간에 젖은 뭉치가 되어 로봇의 머리맡에 쌓였다. 앓는 소리를 내며 일어선 정민은 조금 홀가분한 마음이 들었다. 난 이제 할 만큼 했어. 이제부터는 네 몫이야. 로봇에게도 의지가 있다면, 다시 처음처럼 작동하기를 바라는 욕구가 프로그래밍되어 있다면 그것을 토대로 움직이는 건 오롯이 로봇에게 달려 있었다. 로봇을 재정비하는 일에 해가 졌다는 사실이 믿기지 않아 정민은 조금 웃었다.

날이 어두워지자 파도 소리가 커졌다. 이제 기다리는 일만 남았다. 시간이 해결해 주기를 바라는 수밖에 없다. 지금 당장 커다란 운이 따르기를 바라는 정민의 가장 큰 소원은 이 조그만 로봇이 움직이고 말하는 거였다.

평소라면 해가 저물어 가는 것을 지켜보려고 등대 난간 가까이에 서 있었을 테지만, 오늘은 온종일 1층 출입구에서 서성였다. 간이 의자를 들고 내려와 먼지만 털어 내고 앉은 정민은 여전히 미동도 않는 로봇을 뚫어지게 바라보았다.

"일어나."

그것이 명령어라면 로봇이 듣고 당장 움직였으면 했다. 정민은 턱을 괴고 바깥 소음에 귀 기울이거나, 잠깐씩 꾸벅꾸벅 졸다가 깰 때를 제외하고는 로봇만 관찰했다. 방전된 로봇의 어깨 부근에서 희미하게 칠이 벗겨져 다른 색을 띠는 단자를 발견하고 정민은 저도 모르게 벌떡 일어났다. 그러고는 사무용 책상 서랍을 맨 위 칸부터 아래 칸까지 뒤적여 휴대용 충전기를 꺼내 왔다. 본래 로봇 청소기용이라서 단자 크기가 달랐지만 접촉면을 닿게 조절하면 충전기에 혹시 남아 있을지 모르는 전력으로 로봇을 충전시킬 수 있을지도 몰랐다.

"정신 차려."

이제 정민은 로봇을 사람 대하듯 보며 무슨 일이 일어나기만을 기다렸다.

달빛에 의지해 살펴보는 동안 정민은 조마조마한 얼굴로 입술을 깨물었다. 움직이지 않을 건가. 역시 아주 고장 나 버리고 만 걸까.

기대를 안 했다면 거짓말이다. 그래도 꼭 움직이길 바

랐는데. 여기 등대에서 사람처럼 말하며 지내 주었으면 했는데. 혼잣말이 아니라 대화를 나누며 지나온 날들에 대해 떠들 수 있기를 바랐는데. 내내 차분하던 정민의 얼굴이 일그러졌다. 오랜 친구라도 잃은 것처럼 헛헛함이 몰려왔다. 나직이 한숨을 내쉰 정민은 허탈감이 내려앉은 가슴을 문지르다가 다시 로봇 앞에 무릎을 굽히고 앉아 손을 뻗었다.

"……움직여."

통통. 로봇의 단단한 가슴을 몇 번이고 두드려 봤지만 미동도 없다. 영원히 잠들 운명의 동화 속 공주처럼 로봇은 어떠한 반응도 보이지 않았다.

"움직이란 말이야."

탕! 두드리는 손에 더욱 힘이 실렸다.

"제발."

다시 한번 혼자 남았음을 실감한 순간, 거짓말처럼 낯설고 규칙적인 소음이 들렸다.

정민은 우웅 하는 진동에 놀라 로봇에게서 멀찍이 떨어져 섰다. 움직인다. 작동한다. 반가운 마음 다음으로 든 것은 일말의 불안함이었다. 뒤늦게 아차 싶었다. 정민은 다급히 주위를 둘러보았다. 로봇이 혹시라도 갑작스럽게 공격하거든 맞서기 위해 무기로 쓸 만한 것을 찾아 봤지만 적당한 물건이 보이지 않았다. 정민은 입술 안쪽을 씹으며 될 대로 되라지 싶어 눈을 질끈 감았다 떴다.

우우우우웅. 로봇이 완전히 직립했다. 그리고 고개를 돌려 정민을 바라보았다. 놀라서 굳은 정민에게 로봇 키만 한 그림자가 졌다. 학습한 데이터를 토대로 상황을 인지하고 있을 로봇은 여전히 아무 말이 없었다.

공격할 기미는 보이지 않는다. 그렇다면 안심해도 되지 않을까. 망연히 서서 로봇을 바라보던 정민의 입꼬리가 서서히 올라갔다.

“안녕.”

더 이상 혼자가 아니다.

줄곧 기다려 온 전화를 받은 듯한 기분은 아주 잠깐 정민을 두근거리게 만들었을 뿐이다. 이 등대에 있는 이가 정민 말고 더 있었지만, 유민을 걱정하던 외톨이일 때와 크게 다르지 않은 시간이 흘렀다.

그러니까 로봇은 말이 없었다. 움직이기는 하는데 정해진 운동량이 있는 건지 대부분 의자에 앉아 있기만 했다. 로봇 내부적으로 문제가 있는지 알 수 없는 노릇이어서 정민은 안절부절했다. 한순간 로봇이 작동을 멈출 수도 있다는 생각이 들어 등대에 구비되어 있는 여러 연장을 이것저것 꺼내 왔다.

"내가 널 도울 일이 있을까? 어떤 버튼을 누르거나 설정을 달리 해야 한다든가."

정민이 물었지만 로봇은 여전히 대답하지 않았다.

"고장 난 거야?"

언어 처리에 문제가 있거나 음성 신호를 인식하는 장치에 이상이 생긴 걸 수도 있다. 막연히 추측하던 정민이 산책을 권한 건 이튿날 오후였다.

"좀 걸을래?"

그러자 로봇이 의자에서 몸을 일으켰다. 걷자고 하자마자 걷기 위한 동작을 취하는 로봇이 무서우면서도 반가웠다. 마른침을 삼킨 정민은 뒤에서 따라오는 로봇의 발소리를 들으며 천천히 걸음을 옮겼다. 로봇의 발소리는 생각보다 컸고 그것을 깨닫자마자 정민은 이상하게 가슴이 뛰었다. 두려움을 닮은 설렘이었다. 정민은 그 감정에 익숙해질 수는 없겠다고 생각하며 계속 걸었다.

선착장 반대편에 펼쳐진 조그만 해안가에 다다랐을 때는 해가 뉘엿뉘엿 저물고 있었다.

"이름이 뭐야?"

네게도 당연히 이름이 있을 테고 너만 괜찮다면 무엇인지 알고 싶다고 정민은 또박또박 덧붙였다. 이 섬에서 너를 부르고 오래 기억할 이름이 있으면 좋겠어. 그 이름이 뭔지 알려 줘. 아니면 나는 너를 단지 'A'라고 불러야 하니. 정민이 물어도 로봇은 아무런 대답도 하지 않았다. 그저 정민을 바라보기만 했는데, 그것이 부담스럽거나 두렵다기보다는 이제 신기했다. 정민이 로봇을 신기해하는 것처럼 로봇도 제 곁에 살아 숨 쉬며 말을 걸고 있는 정민을 신기해하는 것 같았다.

정민은 두리번거리다가 미역 줄기가 엉킨 나뭇가지를 주워 들었다. 그러고는 제 이름 석 자를 처음으로 모래사장 위에 새겼다.

"내 이름은 정민이야, 이정민."

"……."

"네 이름은 뭐야? 내가 널 뭐라고 부르면 돼?"

그때 로봇이 몸을 숙였다. 아주 느린 동작으로 무릎을 벌리고 앉은 로봇은 건반을 누르거나 줄을 켜느라 부지런히 쥐었다 폈을 손가락으로 모래 위에 글씨를 적기 시작했다.

주주.

"그게 네 이름이야?"

주주가 고개를 두 번 끄덕였다. 정민은 주주, 하고 중얼거리고는 씩 웃었다.

이름을 알게 되자 로봇과 지낼 시간이 더욱 길어질 것만 같았다. 단숨에 가까워진 사이를 설명할 방법이 없는 정민은 아무 말 없이 모래사장 위에 손가락으로 주주의 이름을 한 번 더 새겼다.

더 이상 혼자가 아니게 된 정민은 손님 응대에 최선을 다하고 싶어졌다. 정민의 인생이 사전이라면 어느 페이지를 펼쳐 보더라도 찾을 수 없는 낱말이 바로 '친절'일 테지만, 정민은 저도 모르게 활짝 웃으며 로봇을 반겼다.

"만나서 반가워, 주주."

그러나 정민의 웃음이 얼마 못 가 파도를 뒤집어쓴 듯 사라진 건 주주가 쓴 다음 말 때문이었다.

음악을 들려드릴까요?

음악이라니. 음악이라고 부를 만한 것을 들은 지 얼마나 오래되었나. 정민은 잠깐 아득해졌다. 모래 위에 새겨진 짧고도 긴 문장은 정민을 생각에 잠기게 만들었다. 아무 대답 없는 정민을 바라보던 주주는 제 몸에 내장된 스피커에서 어떤 음악을 재생했다.

"잠깐만."

정민은 황급히 바다를 살피며 손을 뻗었지만 음악은 계속되었다. 당장 끄라고 외치려던 정민은 아무렴 어떤가 싶어 팔을 내렸다.

무작위로 재생시킨 음악은 멜로디가 잔잔하면서도 경쾌한 어느 연주곡이었다. 〈Beyond the sea〉. 바다 너머에 있을 누군가를 그리는 노래임을 알아차리고 정민은 조그맣게 어깨를 들썩이며 웃기 시작했다.

"선곡 센스 있네."

어떻게 알았을까. 내가 그리워하고 기다리는 사람이 어쩌면 이 섬에 없고 바다 너머에, 혹은 그보다 더 먼

곳에 있다는 사실을 나는 너한테 말해 준 적이 없는데. 어쩌면 로봇에게는 지금 당장 마주하고 있는 사람의 기분과 기억을 파악하는 능력이라도 있는 건가. 암만 같은 사람이어도 같이 있는 이의 여러 사정과 마음을 기민하게 알아차리는 건 어려운 일인데, 너는 무슨 수로 나를 파악한 거야.

정민은 생각을 털어 내듯 고개를 저었다. 이 노래를 들은 괴물이 어디선가 빌딩만 한 몸을 이끌고 접근할 수도 있었지만 이제 와서 노래를 중단시키고 싶지는 않았다.

"너 같은 로봇도 내 생체 신호 같은 걸 수집할 수 있어?"

"……."

"내 심박수라든가 체온, 혈압 수치가 어떤지 봐서 기분을 추측해 낼 수 있어?"

돌아오는 대답은 없지만 자꾸 말을 걸게 됐다. 정민은 바람에 노랫소리가 실려 가는 순간을 만끽하며 중얼거렸다.

"넌 모르겠지만, 네가 보는 지금의 난 아주 오랜만에

평화로운 상태야."

"……."

"네 덕분이야."

가만히 노래에 귀 기울이는 동안에도 파도가 밀려와 부서지기를 반복했다. 정민은 두 눈을 감고 바다에서 불어오는 바람을 느꼈다.

오랜만에 불안하지 않았다. 두렵지도 거북하지도 않고 오롯이 편안했다.

"고마워."

조그만 목소리로 인사하자, 주주가 노래에 맞춰 발을 까닥였다.

배 위의 피아니스트

"네 이름은 주주. 너는 그냥 밀폐 포장된 상자에서 꺼내져 재조립된 채 전류가 흘러 작동하는 것뿐이겠지만 어서 와라, 반갑다. 에이스호에 승선한 걸 환영해."

그렇게 말을 걸며 환대해 준 여자의 나이와 국적은 50대 한국인, 직업은 호화 유람선 에이스호의 선장이었다.

"멋진 이름이네요. 제 이름의 뜻이 뭔지 알려 줄래요?"

주주가 명랑히 묻자 선장은 너털웃음을 흘리며 말했다.

"내가 아주 어릴 때 갖고 놀던 인형 이름이야. 그 인형이 옆에 없으면 잠도 안 자고 울었지. 실망했니?"

"제가 실망할 이유가 뭐 있나요."

"네 이름이 고작 인형의 이름을 따온 거여서."

"오히려 기뻐요."

주주는 선장의 염려를 정확하게 이해하고 대답했다.

"아끼던 인형의 이름을 제게 줬으니까요."

이제 막 주주라는 이름이 생긴 로봇은 선장이 말을 거는 순간에도 그들이 있는 선장실 안팎의 환경 요소를 분석하고 파악했다. 바다. 망망대해. 파도를 타고 항해 중인 에이스호.

그러는 동안 선장은 차분한 목소리로 당부했다.

"네게 주어진 일에 대해서는 아마 잘 알고 있겠지. 앞으로 주주 네가 연주할 피아노는 스타인웨이의 C-277로, 독일에서 수입해 왔어."

"스타인웨이."

"그래. 피아노 모델명이나 생산지 같은 건 내가 설명해 주지 않아도 이미 알 테지만 나도 모르게 주절주절 늘어놓게 되네."

눈매를 휘며 호탕하게 웃는 선장을 바라보면서 주주는 여러 연산 처리를 신속히 끝냈다. 회로가 바삐 돌아갔다. 선장과 달리 제 모습은 10대 중후반 여자아이의 꼴이라는 것을 인지한 지 오래였다. 주주는 선장이 입을 다물고 나서야 자신이 대답해야 할 차례임을 알고 너무 늦지 않게 유쾌한 음성으로 발화했다.

“음악을 들려드릴까요?”

“지금?”

선장은 해안가로 밀려오는 파도처럼 높다랗게 웃었다.

“그럼 네가 듣고 싶은 곡 하나 연주하거나 들려줘. 나는 노래를 가리지 않고 듣거든. 그렇다고 해서 막귀는 아니니 잘 골라야 할 거다.”

그 순간 주주는 망설였다. 적어도 선장의 눈에는 망설이는 것처럼 보였을 것이다. 사용자가 너는 무슨 노래를 좋아하냐고 묻든가 네가 선호하는 곡을 연주해 보라고 명령하는 대화의 형태를 주주는 시중에 판매되기 전에 이미 학습을 끝냈다. 수백 개의 발화를 수만 개 이상의 다양한 어미로 대답할 수 있는 주주는 자신의 전원이 처음으로 켜진 장소의 정보를 끌어모아 최선의 대답을 꺼냈다. <La Mer> 혹은 <Beyond the sea>. 바다와 연관된 샹송의 제목과, 같은 곡을 노랫말만 영어로 바꾸어 부른 팝 재즈의 제목을 대자 선장의 웃음기가 짙어졌다.

"나도 좋아하는 노래네."

주주는 제 안에 내장된 조그만 스피커로 방금 전 대화의 주제였던 노래를 재생시키고, 항해 일지를 기록하기 시작했다. 선장과 더 명확히 의사소통하기 위해서였다. 앞으로 날씨며 풍향, 풍속 등을 저장해 나갈 기억장치에 선장의 웃는 얼굴이 아주 작은 단위의 정보값으로 자리했다.

9만 톤급의 에이스호는 선실 안팎에서 수많은 볼거리를 자랑했다. 선착장에 잠시 정박할 때면 관광객들이 에이스호를 배경으로 기념사진을 찍곤 했다. 그렇게 찍힌 수천 장의 사진 중에 간혹 난간 가까이 서서 항구를 내려다보는 주주와 선장의 모습이 작게 나오기도 했다. 매일 오후 4시, 저녁 7시 30분마다 파티가 열리는 에이스호에는 늘 음악이 끊이질 않았으며 그때마다 주주는 그랜드피아노 앞에 앉아 그날 여정과 어울리게 짜인 프로그램을 연주했다. 어떤 날에는 재즈, 또 다른 날에는 클래식. 가끔 승객들로부터 미리 받은 신청곡을 이벤트 삼아 짤막히 연주하기도 했는데, 그럴 때 주주의 쇼맨

십은 거의 사람 같았다.

"주주, 외롭지 않아?"

어느 날 문득 선장이 물었을 때 주주는 드물게 바로 대답하지 않았다.

"그 왜, 이 배에는 너처럼 피아노를 치는 아이가 없잖아."

피아노를 치는 아이. 선장은 종종 주주를 나이 어린 사람으로 취급했고 그런 대우에서 인간의 보편적인 호감을 읽은 주주는 재빨리 네트워크망에서 건져 낸 정보를 읊었다.

"에이스호 바깥에서 저와 동일한 모델들이 피아노 연주를 하고 있죠."

그러니 외롭지 않다는 말이었다.

"맞아. 학교나 관공서에서도 많이 사들인다더군."

선장이 말했다.

"아니면 아이가 있는 집이라든가."

포털 사이트의 뉴스란에서 판매량과 연관된 통계를 검색한 주주는 자신이 예술가형 로봇임을 다시금 확인했다.

주주는 누군가 너는 뭐 하는 로봇이냐, 하고 툭 치며 물으면 당신에게 음악의 아름다움을 전하러 왔습니다, 하고 대답하는 대신 눈앞에 보이는 악기를, 예를 들어 근거리에 피아노가 한 대 놓여 있다면 그것을 연주하도록 학습돼 있었다. 주주의 관절마다 달린 모터와 센서는 모든 움직임 중에서도 특히 사람처럼 매끄럽거나 사람을 뛰어넘는 수준의 연주를 위한 것이었고 주주는 제 용도를 잘 인지하고 있었다.

"혹시 제가 당신의 아이 같나요?"

"뭐라고?"

선장이 기가 막힌 듯 웃음을 터뜨렸다. 그러나 이어진 주주의 말을 듣고는 가만히 입을 다물었다.

"제가 아이 같아서, 그래서 저를 걱정하고 아껴 주시는 건가요?"

"아냐."

선장이 고개를 저었다.

"내 아이 같아서가 아니라, 내 동료라서 아끼고 염려하는 거다."

열흘을 주요 여정 삼아 바다를 오가는 에이스호의

시간별 파티에는 샴페인과 산해진미 그리고 소소하지만 이목을 끄는 수준급의 공연이 있다. 그런 소문이 돌자 해외 언론사에서 여름 휴가용으로 낼 특집 기사의 한 꼭지로 주주를 취재하러 오기도 했다. 티타임 혹은 식사가 무르익어 갈 무렵 마이크를 잡은 사회자의 목소리가 비로소 파티의 진정한 시작을 알릴 때, 주주는 바빠졌다.

신사 숙녀 여러분, 가까운 시일 내에 최고의 밴드가 될지도 모르는 최고 직전의 밴드를 소개합니다! 마이크로 증폭된 사회자의 익살스러운 목소리를 들으며 주주는 피아노 연주를 이어 나갔다. 그의 곁에서는 로봇 아닌 사람들이 각자 제 악기를 들고 박자에 맞춰 합주했다.

클라리넷과 콘트라베이스, 트럼펫 그리고 피아노에…… 주주!

이름이 불리고 나면 그다음부터는 오로지 주주의 무대였다. 피아노 솔로를 연주하는 주주는 자신을 향해 쏟아지는 박수갈채를 빠짐없이 듣고 그의 시스템 일부에 저장했다.

커다랗고 우렁찬 박수 소리. 손날로 치는 듯한 조그만 박수 소리. 찰지고 매서우며 빠른 박수 소리. 그 사이마다 제각기 다른 높낮이로 외치는 환호성과 휘파람 소리. 간혹 '로봇치고 제법 하네' 같은 야유나 욕설이 들리곤 했지만 사람의 부정적인 발화에 아무렇지 않게 대처하는 건 주주에게 어려운 일이 아니었다. 그 와중에 앙코르를 외치는 행복에 겨운 목소리 같은 것이 한데 어우러져 음성 센서를 타고 흐르면 주주는 그에 화답하듯 피아노 의자에서 반쯤 일어나 건반을 눌렀다. 묘기에 가까운 연주는 보는 이들의 웃음소리와 환호에 파묻히곤 했다.

그럴 때마다 주주는 생각했다. 생각하는 로봇이라니 가당치도 않으나, 생각 비슷하게 회로를 돌리는 일은 가능했다. 하루하루를 지나오며 쌓은 어마어마한 기록을 토대로 결괏값을 도출해 냈다. 행복의 사전적 의미를 찾아낸 주주는 그것이 자신의 일상에 기어이 이름을 붙여야 할 때 들이밀 만한 단어라고 결론 내렸다.

"감사합니다!"

주주가 인사하면 환호 소리는 더욱 커졌다.

연주에 대한 화답을 들으면 응당 고맙고 기쁜 반응이 이어지는 게 자연스러운 거라고 습득한 주주는 가슴에 한 손을 얹는 자세를 취했다. 감격에 겨운 자세는 관중들로부터 많은 호응을 끌어내는 이유가 됐다.

0과 1. 정형 데이터와 비정형 데이터. 원인과 결과. 음표와 악보. 노래와 박수. 연주와 관객. 피아노와…… 연주회 홀 너머 조타실에서 바다의 흐름을 읽고 있을 단 한 사람. 이목구비부터 목소리, 걸음걸이 등 모든 것을 데이터화해서 기억하는 주주에게 선장은 그저 수많은 사용자 중 한 사람이 아니었다.

"주주, 너는 밴드 악단인 우리보다 선장과 더 친한 것 같아."

언젠가 합주 연습이 끝난 오후. 사회자 겸 콘트라베이스 연주자가 악기를 정리하며 말하자, 모두 고개를 끄덕이며 동조했다.

"맞아. 가끔 보면 선장의 애착 로봇 같고 말이지."

그 말의 맥락을 읽고 어떻게 반응할지 결정하는 건 주주의 몫이었다. 주주는 그들의 말에서 놀라움과 장난기를 읽어 냈다. 한편 애착 로봇과 비슷한 말이 있는지 검색하고 가장 많은 결괏값이 나온 애착 인형이라는 단어의 뜻을 확인했다.

선장은 나와 떨어져 있을 때 불안해하는가? 주주는 쉽게 결론 내지 못했다. 비록 선장이 아끼던 인형의 이름을 주주에게 붙여 주었다고는 하나, 그 사실이 나를 인형 취급하는 거라고 판단할 수 있는가? 그와 반대로 주주가 선장과 항상 붙어 지내길 희망하지도 않았기에 그들의 장난 같은 말은 주주에게 무척 난해했다. 이해하지 못했어요, 다시 설명해 주실래요? 하고 묻는 주주에게 그들은 농담이었다며 손을 젓거나 저희끼리 눈을 마주치며 웃었다.

"전 애착 로봇이 아니라, 선장님의 동료예요."

선장의 말을 인용해 대꾸하자, 예상 범위를 벗어난 대답이 이어졌다.

"그래, 넌 우리 동료이기도 해."

그 말을 들은 주주는 판단했다. 조금 전 단원의 발화와 표정에서 선장 못지않은 친근함을 발견했고, 적어도 이 배에서 둘 이상의 동료가 생겼다고.

연주를 하지 않는 날에는 바다를 바라보았다. 바다를 지켜보느라 미동도 않고 앉아 있는 주주의 어깨 위에 간혹 새 한 마리가 내려앉았다 가기도 했다. 대체로 갈매깃과의 새가 많았고 그것들이 몸을 부리로 쫄 때마다 주주는 온갖 이미지의 목록 중에서 나무를 불러왔다. 나뭇가지 위에 새가 앉아 있는 이미지를 제 안에서 재생시키며 파도 소리를 들었다.

배 위에서 바다 보기. 시각 센서의 방향을 다만 그쪽으로 둔 게 아니라, 바다라는 대상이 가진 모든 특징을 기존에 수집한 데이터와 비교하는 행위였다. 주주의 휴식 시간에 규칙이 생겼고, 에이스호에서 명목상 주주의 관리자 역할을 하는 선장은 그것을 당연히 허락했다.

"이건 고구마라고 하는 건데, 먹어 보고 싶으냐?"

어느 날 선실에 앉아 있는 주주에게 선장이 물었다. 딱히 대답을 바라고 던진 질문이 아니었음을 주주는 바로 알았다. 발화의 의도를 파악하고 그에 알맞은 대꾸를 하는 알고리즘이 제 안에 있는데도 주주는 그날따라 엉뚱한 대답을 내놓았다.

"쇼핑몰에서 고구마를 주문해 드릴까요?"

"뭐?"

"1킬로그램, 3킬로그램, 5킬로그램 중에 선택 가능해요. 할인 쿠폰이 지급되는 쇼핑몰 중에 최저 구매가로 알아봤는데, 이번 항해 일정이 끝나는 시점에 맞춰서 주문을 해 놓으면 에이스호가 정박할 때에……."

잠깐만, 하고 주주의 말을 끊은 선장이 눈썹을 꿈틀거리며 못 말린다는 듯 웃었다.

"나는 널 쇼핑 용도로 고용한 게 아니야."

"제가 가진 능력은 무궁무진해요."

"알고 있어. 네가 피아노 연주 이외에도 쓸모 많은 로봇이라는 건."

선장이 말했다.

"이 배에는 고구마나 감자 등의 구황작물을 창고에 상당량 쌓아 두고 있어서 따로 살 필요도 없어. 정 내가 먹고 싶으면 잠깐 기항지에 들를 때 사도 되고."

"고구마를 사 드리고 싶은데요."

선장은 잠시 아무 말도 하지 않았다. 어떠한 말을 이으면 좋을지 망설이는 듯하던 선장은 그거 고맙구나,

하고 살며시 미소 지었다.

"그보다 나야말로 너한테 뭘 좀 사 주고 싶은데. 갖고 싶은 거 없니?"

그 말은 주주가 이제까지 만나 온 사람에게서 들은 발화 중에 손꼽힐 만큼 다정한 축에 속했다. 피아노를 연주하며 들은 수많은 찬사와 감탄과 격려는 선장의 물음에 비하면 한낱 종이 쪼가리처럼 여겨진다고 주주는 판단했다. 사람이 건넨 상냥한 말의 우위를 가릴 수 없고 가려서도 안 되지만 주주의 내부는 이미 바이러스라도 퍼진 듯 공평한 사고를 할 수 없었다.

"고맙습니다."

그래서 주주는 말했다.

"허락하신다면 제 기능을 상실하는 마지막 순간까지 피아노를 연주하고 싶어요. 선장님 곁에서."

비록 주주가 연주하는 순간에 선장이 파티의 분위기를 즐기며 한가로이 홀에 머물렀던 적은 단 한 번도 없었지만, 주주는 피아노를 칠 때마다 선장과 나눈 대화 데이터를 제 안에서 불러와 빠른 속도로 훑곤 했다. 그런 주주를 모르는 선장은 그저 알고리즘이 내놓은 센스 있고 친절한 대답 중 하나로 치부하며 고개를 끄덕였다.

“네가 원한다면 계속 이 배에 머물러도 좋아. 언젠가 시간이 허락한다면 네 피아노 연주를 여유롭게 들어 보고 싶네.”

선장의 바람은 소박했다. 적어도 주주가 아는 한 그랬다. 인간이 가진 소망의 덧없음은 굳이 인터넷 기록을 조회해 보지 않아도 알 수 있는 사실이었다.

근데 말이야, 하고 선장이 문득 히죽 웃었다.

“왜 널 설계하고 만든 사람은 로봇인 너에게 여자애 외관을 씌웠을까. 사람 대신 악기를 연주하는 로봇이니까 예술가 이전에 노동 로봇인 셈인데 말이야. 다른 선원이나 직원들은 모르겠지만 가끔 널 고용한 게 민망해지곤 해. 아무리 봐도 넌 아이니까.”

“그런가요.”

“네가 원하는 만큼 이 배에 머무르고 연주해도 좋아. 사실 나도 계약 기간이 지나면 에이스호에서 내려야겠지만, 그때까진 널 꼭 데리고 있을게.”

주주는 선장의 말을 경청하며 불현듯 낱말 하나를 검

색했다.

"그러니까 언제까지고 피아노를 쳐 줘, 이 배에서. 이런 말 하는 게 좀 이상한데 네 바람은 내 바람으로 치부해서 이뤄 주고 싶다. 로봇인 너한테도 꿈이란 게 있는 것 같아서 말이야."

선장이 멋쩍게 웃었다.

"실현하고 싶은 이상과 희망을 품는 행위를 너도 할 수 있을 것 같은데, 어쩌면 내 착각이려나."

주주는 선장이 희망하는 바와 자신의 것이 어느 정도 중첩되고, 불의의 사고나 천재지변이 생기지 않는다면 이루어질 확률이 99퍼센트에 육박한다고 인식했다. 확신했다. 꼭 실제로 이뤄지리라고 굳게 믿었다.

그리고 방금 전에 뜻을 확인한 낱말을 향해 일지에 기록했다.

약속.

그러나 언제까지나 피아노를 연주하며 살 줄 알았던 어느 날, 에이스호는 바다 한가운데서 불시에 공격당했다. 정체 모를 심해 생명체가 선미를 붙잡고 매달리

면서 하중이 한군데로 쏠려 배가 가라앉기 시작했다.

웃음소리와 대화 소리로 떠들썩하던 선실에 난데없이 비명이 난무했다. 살려 줘. 도와줘. 당신 어디에 있는 거야. 내 손을 잡아. 이게 무슨 일이야. 배가 가라앉고 있대. 일단 위로 올라가! 날카로운 외침이 곳곳에서 화살처럼 날아들었다. 불길이 치솟아 벽을 타고 번지는 곳도 있었다.

얕게 출렁이던 바닷물이 화분을 뒤엎을 만큼 차올랐다. 배가 완전히 침몰하기까지는 한 시간이 채 걸리지 않았다.

주주가 아는 세상이 뒤집히던 그날, 저녁때의 저무는 해가 유달리 아름답던 그날, 발코니로 나온 주주는 반대편으로 뛰어가는 사람들에게 떠밀려 비틀거리다가 간신히 중심을 잡았다. 주주에게는 무사히 도착해서 둘러봐야 할 장소가 있었다. 목적지는 선장이 있는 조타실이었다.

전에 겪은 적 없는 위급 상황 탓에 신호가 뒤엉켰다. 최첨단급의 위치 인식 기술이 무용지물이 될 지경이었다. 구조 로봇이 아니어도 근방에 있는 사람의 목숨이

위태로울 때 기본적으로 돕는 기능을 탑재한 주주였으나, 오직 한 사람의 생체 신호를 찾는 데 몰두했다. 바닷물이 무릎께까지 차올라 출렁일 때 주주는 조타실로 뛰어들었다. 그 순간 둔탁한 것이 배를 내리치는 충격이 느껴졌다.

"이리 와!"

위성 전화로 조난 신고를 마친 선장은 주주가 뻗은 손을 잡고 조타실을 빠져나왔다. 항해사들은 뿔뿔이 흩어진 지 오래인 것 같았다.

주주는 헐떡이는 숨소리로 선장이 함께 있음을 확인했다. 부상을 당한 것 같지는 않지만 심리적으로 큰 충격을 받은 선장은 평소보다 심장 박동이 빠르게 뛰어댔다. 발코니로 힘겹게 나온 둘은 기이한 울음소리를 들었다. 그것이 에이스호를 공격하는 것을 멀리서 바라보는 동안에도 석양은 붉고 아름다웠다. 크고 아름다운 배가 가라앉는다. 주주는 당장 구명정을 찾아 보았지만 보트는 이미 사람들로 뒤엉켜 떨어졌거나, 미처 로프를 끊어내지 못해 아슬아슬하게 매달려 있는 상황이었다.

아수라장. 난파. 공격. 그리고 붉은 괴생명체. 굳이 이미지로 분류하자면 괴수가 등장하는 영화 속의 캐릭터와 닮은 그것이 배를 사정없이 후려쳤다.

주주의 시각 센서가 초점 거리와 화상의 크기를 최대한 확대했다. 문어과의 연체동물 같으나 두 개의 팔과 다리가 있는 새빨간 괴물이 보였다. 어깨에 촉수를 단 그것이 다시 한번 팔을 무자비하게 휘두르자 바닷물이 튀었다. 자연이 만든 파도보다 더 크고 위협적인 파도가 머리 위로 떨어졌다. 중심을 잃고 넘어진 선장이 기울어지는 배의 갑판 위로 주르륵 미끄러졌다. 엄청난 속도로 멀어지는 선장을 붙잡기 위해 주주는 내달렸다. 작동한 이래 처음 전속력으로.

선장이 내지르는 비명이 이상하게 어떠한 소음보다 커다란 데시벨로 울려 퍼졌다. 난간 너머로 몸이 튕겨 나가기 직전 선장의 손목을 잡은 주주는 있는 힘껏 뛰어오던 잠깐 사이에 왼쪽 발목 모터에 이상이 생겼음을 감지했다. 아래로 축 늘어진 선장을 잡고 있느라 손목 관절에 장착된 모터에도 무리가 갔는지 경고음이 울리기 시작했다.

"주주."

선장이 숨을 몰아쉬며 말했다.

조금만 더 힘을 실어 끌어올리려는 주주의 계획을 알아차린 선장은 제가 가진 목숨줄이 성냥개비보다 짧다는 것을 깨달은 눈치였다. 허탈감과 두려움, 체념과 아쉬움이 뒤섞인 복잡한 얼굴로 선장은 소리쳤다.

"너는 네 연주를 계속해! 무사히 살아남아서."

선장이 주주와 잡고 있던 손에 힘을 풀기 시작했다. 주주는 팔에 실린 무게가 가벼워지는 것을 감지하고 난간 밖으로 상체를 더 내밀었다.

"올라와요. 이리로."

주주가 말했지만 선장은 듣지 못했다.

"네게 바닷물은 정말 위험하겠지만 우선 상황이 급하니 구명 튜브를 들고 당장 이 배에서 뛰어내려. 저것으로부터 꼭 도망쳐라."

선장이 남긴 마지막 당부는 자신을 위한 것이 아니었다. 주주의 무사 탈출을 빈 선장은 그 말을 끝으로 몸을 흔들어 시간을 벌어 주었다. 타살에의 위협이 자살로 바뀌려는 순간, 가까이 다가온 괴생명체의 관심을 제게로 끄는 데 성공한 선장이 주주, 하고 불렀다.

"표정이 그게 뭐야."

선장이 말했다. 그 순간 그가 웃는 것만 같아 주주는 혼란스러웠다.

"무서워하지 마. 꼭 살아."

단단한 목소리로 부탁하는 선장을 보며 주주는 아무것도 할 수 없었다.

스스로 추락하기를 선택한 선장은 차마 비명도 지르지 못한 채 공포에 질린 표정이었고 그 모습은 주주의 기억 장치에 오랫동안 남았다. 쉬이 삭제하거나 다른 이미지 파일로 덮어씌울 수 없는 기억이었다.

주주는 선장의 명령을 잘 알아들었다. 그의 말대로 이 배에서 벗어나 계속 작동하고자 했다. 선장이 가리켰던 구명 튜브를 팔에 걸치고 배에서 뛰어내린 순간 배가 완전히 부서지며 뒤집혔다. 최소한의 방수 기능만 있는 주주의 하드웨어는 자동으로 전원을 차단시켰다.

그다음 눈을 뜬 곳은 등대가 있는 사숙도. 그 섬에서 주주는 선장보다 한참 어리고, 선장이 그랬듯 그를 살려 낸 여자를 만났다. 그리고 그의 울 듯한 눈을 똑바로 바라보며 모래사장 위에 질문을 새겨 넣었다.

음악을 들려드릴까요?

비밀과 진실

정민은 등탑에 올라 물결치는 바다를 굽어보았다. 세상의 비밀이라도 품은 듯 고요한 바다가 우주처럼 광막해 보였다. 이렇게 자꾸 내려다보니 세상에 벌어진 절체절명의 위기가 거짓인 것만 같았다. 평화롭다는 착각이 모여 경계심을 누그러뜨린 것을 느낄 수 있었다.

등명기를 살핀 정민은 손에 끼고 있던 작업용 면장갑을 벗으며 한숨 돌렸다. 어딘가 단단히 고장 나서 말할 수 없는 로봇과의 생활은 단조로우면서도 좋았다. 별도의 조작을 하지 않아도 스스로 활동할 수 있는 주주가 사숙도 등대에 머물기 시작하면서 정민은 꽤 많이 웃을 수 있었다. 다만 주주와 의사소통하려면 종이와 펜 혹은 모래사장이 반드시 필요했고 그것들을 챙기는 과정에서 소소한 불편함을 느꼈지만, 그보다 기쁨이 더욱 컸다.

혼자가 아니라는 감각. 눈앞의 로봇이 자신이 만들어 낸 환상 같은 게 아니라는 사실이 내심 정민을 안도하게 만들었다.

날이 갈수록 삶의 반경이 넓어져 갔다. 오랜만에 등명기 청소를 마친 정민은 난간을 붙잡고 아래를 내려다보았다. 주주는 여느 때처럼 2층 구석에 놓인 조그만 1인용 책상에 걸터앉아 있을 테지만, 매번 주주의 이름을 먼저 부르고 혹시나 이어지는 목소리가 있는지 귀를 기울였다.

무언가에 집중하고 있으려나. 언젠가는 어딘가에 처박혀 있던 시집 한 권을 꺼내 거기에 적힌 활자를 모조리 읽어 내고 있었다. 주주가 등대 안에서 활동하는 영역도 점차 넓어졌는데, 바로 어제 주주는 창틀에 앉아 있는 갈매기를 뚫어져라 관찰하기도 했다. 지금도 등대 안팎에 놓였거나, 스쳐 지나가는 모든 것을 살피고 있을 것이다.

"주주!"

정민은 나선형 계단을 빠르게 내려갔다. 예상대로 주

주는 2층에서 책상 위를 빤히 바라보고 있었는데, 정민의 발소리를 듣고도 뭔가에 사로잡힌 것처럼 꼼짝도 하지 않았다.

"뭐 해?"

장갑을 탁탁 털며 다가간 정민의 눈빛이 흔들렸다. 책상에 세워 둔 네모난 액자. 그 안에 어떤 사진을 넣어 뒀는지 잘 알고 있는 정민은 부러 쾌활한 투로 말했다.

"아, 그거. 우리 언니야."

그제야 주주가 정민을 바라보았다. 정민에게서 유민을 읽고 유민에게서 정민을 읽은 로봇은 이미 두 사람이 혈연으로 얽힌 관계라는 분석을 마쳤을 것이다. 사람을 닮은 눈동자에 비치는 감정이라고는 아무것도 없다. 빛이 좋아서 꺼내 놓은 사진이었다고 덧붙이며 웃는 정민에게 주주는 다른 한 손에 들고 있던 작은 수첩을 펼쳐 보였다.

"응? 왜?"

정민은 고개를 숙여 수첩에 적힌 글자를 읽었다. 손가락 관절마다 모터가 달렸다는 로봇의 필체는 웬만한 성인보다 정갈했다.

노래를 들려드릴까요?

주주는 정민이 잠깐 우울에 잠기거나, 피로감을 숨기지 않고 있을 때면 늘 같은 질문을 건넸다.

“위로해 주는 거야? 나 괜찮아.”

정민은 아무렇지 않은 척 어깨를 으쓱했다.

“너도 만나 보고 싶지? 우리 언니.”

이어질 대꾸가 없으리라는 것을 알면서도 정민은 낮은 목소리로 빠르게 말했다.

“언니가 널 봤으면 엄청 신기해했을 거야.”

주주는 그런 정민을 가만히 응시하기만 할 뿐 고개를 끄덕이거나, 다음 응답을 수첩에 적지 않았다. 정민의 안에서 꿈틀거리며 존재감을 부풀리는 불안을 읽기라도 한 듯이.

“너도 예전엔 가족이 있었겠지. 그러니까 같이 지냈던 사람 말이야. 아니면 너랑 같은 로봇이나.”

“…….”

“어디서 잃어버린 거야? 어쩌다가 혼자가 됐는지 물어봐도 돼?”

정민은 어쩐지 숨이 가빠옴을 느꼈다. 주주 너에게

도 그리운 사람이 있을 테고, 그 사람의 손을 어디선가 놓치고 말았을 텐데 그 시점이 언제인지 묻는 일이 웬일인지 불편하지 않았다. 오히려 후련한 기분마저 드는 건 아무래도 주주가 사람이 아니기 때문일지도 모른다.

"기억 안 나?"

아니면 기억하고 싶지 않은 거야? 그들이 어떻게 됐는지 내게 말하고 싶지 않은 거면 굳이 안 알려 줘도 돼. 뒤늦게 배려라도 하듯 말한 정민은 시선을 내리깔았다.

"근데 말이야. 너도 역시 보고 싶지?"

"……."

"너랑 같이 지냈던 누군가가 줄곧 보고 싶은 거지?"

그렇게 묻는 정민에게 주주는 수첩의 다른 페이지를 펼쳐 건네주었다. 뭔가가 미리 적혀 있었고 그것을 읽는 정민의 표정이 굳었다.

죽어 있는 여자를 봤습니다.

주주의 단정한 글씨는 정민이 잘못 본 게 아니었다.

"누굴 봤다고?"

목소리가 조금 떨려 나왔다. 한쪽 눈썹을 찡그리며 눈가를 비빈 정민은 다시 첫 문장부터 반복해 읽었다.

죽어 있는 이 여자를 봤습니다.

며칠 전 등대 근처에서.

"……아니야."

고개를 푹 숙이고 있던 정민이 어느새 발개진 눈가에 힘을 주며 말했다.

"아니야. 이유민은, 언닌 살아 있어."

그러나 처음 작동한 순간부터 늘 무심했던 로봇에게서 당신도 진실을 알지 않느냐는 마음의 기색을 엿본 듯한 순간.

"주주 네가 잘못 본 거야."

정민은 이성을 잃고 부정했다.

"언닌 어딘가에 살아 있다고!"

진실과 사실을 덮어 놓은 거짓. 그것을 들켜 버리자 자책감과 외로움이 물밀듯 몰려왔다.

정민의 얼굴에서 감정을 분류하고 결과를 도출한 주주는 침묵했다. 어설프게 어깨를 토닥이거나 포옹하는 행위로 정민을 위로하는 대신, 정민이 진정하길 기다렸다. 기다리는 일은 로봇이 지녀야 하는 덕목 가운데 하나였고 주주는 그 일을 충실히 해냈다.

정민은 안개가 잔뜩 드리운 것 같았던 머릿속이 예기치 못한 강풍으로 개는 것을 느꼈다. 바람을 몰고 온 건 다름 아닌 낯선 로봇이다. 현실을 외면하고 평온함을 가장하던 하루가 비로소 산산조각 났다.

"알아."

정민이 중얼거렸다.

"……알고 있어."

유민은 죽었다.

그날 폭풍우가 몰아쳤을 때.

―숨어! 등대로 가!

정체 모를 괴생명체가 해안가에서 접근했던 낮에.

―당장 뛰어가! 돌아보지 말고! 빨리!

선착장에서 발이 굳어 꼼짝 못 하고 있는 정민에게 도망치라고 소리치던 유민의 모습은 꿈에서 본 게 아니라 실제였다. 그것을 외면하고자 마음먹고, 돌아오지 않을 유민을 홀로 기다리던 날들. 정민은 오늘까지 그 긴 시간을 자발적으로 이어 왔었다.

그리고 상상했다. 유민은 그저 무너진 세상의 자세한 내막을 알기 위해 육지에 간 것뿐이라고. 그랬다가 운 나쁘게 어딘가에 두 발이 묶였을 거라고. 목숨을 부지한 채 어디선가 정민과 만나기를 기다리고 있다고 제멋대로 바란 것이었다.

제대로 몸을 가누지 못하고 휘청거린 정민은 쓰러질 듯한 걸음으로 계단을 올라갔다. 그리고 그날 내내 아래층으로 내려오지 않았다.

주주도 하루 종일 움직이지 않았다. 그리고 어느 한 곳을 묵묵히 바라보았다. 등탑 창으로 햇살이 비스듬히 쏟아져 내렸다. 조금 전 정민이 서 있던 자리에 빛이 내리쬐는 것을 지켜보던 주주는 그 자리의 온도를 재었다. 그리고 계산했다. 울던 사람이 지나간 자리를 조금쯤 데우는 햇빛에 대해서. 소리 없이 우는 사람의 몸짓에 대해서. 그것을 달래기 위한 수백 개의 방법을 알고 있지만, 나서지 않겠다는 결과를 도출했던 순간에 대해서. 사람의 마음을 닮은 제 인공 신경망, 그리고 그 그물망에 걸려 있는 온갖 추모 방식에 대해서 오랫동안 헤아리며 혼자 시간을 보냈다.

해가 지고 달이 뜨고 다시 날이 밝아 오는 동안에도 주주의 연산은 끝나지 않았다. 만일 유민이 살아 있다면 정민은 울음을 터뜨리지 않았을 것이다. 만약을 가정하며 수많은 경우의 수를 불러오던 주주는 선장과 헤어지지 않고 사숙도에 도착했을 가능성을 도출해 보려고 시도했다.

—무서워하지 마. 꼭 살아.

약속.

지난 데이터 속에서 검색 횟수가 눈에 띄게 많은 낱말 하나를 건져 올린 주주는 날이 저물어 별이 빛나다가 다음 날이 밝아 올 때까지, 선장과 함께 살아남을 수 있었던 경우의 수에 대해 몇 번이고 계산했다.

정민이 숙소 겸 기계실인 3층에서 내려온 건 그날로부터 나흘이 지나서였다. 정민은 1층 출입구 쪽에 홀로 앉아 있는 주주에게 다가갔다. 머리가 지끈거리고 속이 다소 메스꺼웠지만 걷고 말하는 데 문제는 없었다. 오히려 전보다 홀가분한 기분이 들었다.

한동안 망설이던 정민은 느릿느릿 입을 열었다.

"우리 산책할까?"

선착장으로 향하는 동안 정민도 주주도 선불리 말문을 열지 않았다. 정민은 주주보다 한발 앞서 걸었다. 그리고 줄곧 외면해 왔던 시신을 똑바로 바라보았다.

부패하기 시작한 유민에게서는 지독한 냄새가 풍겼다. 한 팔로 입가를 틀어막은 정민은 눈물과 침을 흘리며 유민을 끌어당겼다. 잠자코 그 모습을 지켜보던 주주가 유민의 몸 아래로 두 팔을 넣고 일어섰다.

유민을 등대 근처에 묻는 동안 정민은 입을 열지 않았다. 주주 역시 선불리 노래를 들려주겠다는 제안을 꺼내지 않았다.

자연스럽게 묵념이 이어졌다. 바다도 그 순간만큼은 잠잠했다. 비밀을 들키고 나서 진실을 받아들이기로 한 정민은 나흘 전보다 차분했다. 유민의 죽음을 인정하자 가슴에 껌처럼 눌어붙어 있던 응어리가 떨어져 나갔다. 그 자리에 빛이 비쳐 들기 시작한 게 언제부터였을까.

"있잖아. 네가 듣고 싶은 노래는 뭐야?"

멍하니 물결치는 바다를 건너보던 정민이 불쑥 물었다. 한참 바다를 바라보며 땀을 식히는 사이 해가 뉘엿

뉘엿 저물고 있었다.

"연주만 해 온 네가 듣고 싶은 노래는 무슨 노래야?"

부드럽게 휘어지는 눈매. 어느 때보다 차분한 심장 박동 수. 주주는 안정을 되찾은 정민을 바라보다 망설이지 않고 목걸이형 수첩에 어떤 대답을 적어 내려갔다. 일필휘지로 기입한 곡명을 미리 예감한 정민은 허탈히 웃었다.

La mer.

혹은 Beyond the sea.

두 개의 곡명이 정민의 안에 새겨졌다. 파도가 밀려와도 지워지지 않을 이름을 보며 정민은 조용히 짐작했다. 바다 위에서 피아노를 쳤다는 로봇 또한 바다에서 소중한 이를 잃었음을. 여자아이의 외모를 한 채 정민보다 오랜 시간 수많은 사람과 부대끼며 지냈고, 아주 많은 것을 보고 들으며 흔들려 왔음을. 멀미 같은 건 느끼지 못할 로봇인데도 뜻밖의 이별 앞에서 오류라도 발생한 것처럼 바로 설 수 없는 때가 있음을.

"너도 외로움을 느껴?"

그 말에 주주가 순순히 고개를 끄덕였다.

"거짓말."

일부러 짓궂게 덧붙이자, 주주가 이번에는 세차게 고개를 저었다.

정민은 주주와 같이 지내는 날이 더 오래 이어지길 바라며 손을 내밀었다. 차가운 표면이 손가락 끝에 와 닿았고 그것을 살며시 잡아 쥔 손에 힘을 줬다.

으쌰, 하고 일어난 정민은 엉덩이를 털며 주주에게 말했다.

"이만 갈까."

어쨌든 돌아갈 곳이 있다는 것. 그곳에 함께 갈 누가 있다는 사실이 정민을 앞으로 나아가게끔 했다.

오늘 치의 애도는 끝내고 비상 디젤 발전기를 점검하려던 정민은 별안간 두 눈을 크게 떴다. 선착장으로 불길한 파도가 철썩이며 밀려왔다. 이마에 손을 대고 바다를 바라보는 정민의 얼굴이 이내 하얗게 질렸다.

100미터. 또는 그보다 약간 먼바다에 떠다니는 것이 있었다.

그것이다.

이만큼 가깝게 떠밀려 온 건 처음이다. 식은땀이 맺히

는 걸 느끼며 정민은 손을 뻗어 주주를 저지했다. 아직은 걷지 마. 일단 조용히.

입가에 검지를 갖다 대 보이며 아무 소리도 내지 말 것을 부탁하자, 주주는 시키는 대로 정자세를 취했다. 까무러치게 놀랐다고 해서 비명을 지를 리 없는 로봇인데도 정민은 우선 주주에게 주의를 주고 최대한 소리 죽여 움직였다.

심장이 요란하게 뛰었다. 정민은 주주의 손목을 잡고 등대로 뒷걸음질했다. 아치형의 입구로 들어서자마자 참았던 숨을 내뱉었다. 어떻게 등대까지 돌아왔는지 모르겠다. 정민은 그러쥔 주먹으로 놀란 가슴을 몇 번 치고는 주주를 살펴보았다.

"놀랐지. 당분간 등대에서만 지내야겠다."

혹시 모를 사태를 대비하여 산책도 삼가는 게 좋겠다고 생각하는 순간 정민은 문득 코끝을 스치는 낯선 향기에 움찔했다. 꽃 냄새가 바람에 실려 온 걸까 싶었지만, 사숙도에 머물면서 한 번도 맡아 본 적 없는 향기였다. 그 향기 속에 희미하게 풍기는 것이 땀 냄새와 비릿한 피 냄새라는 것을 알아차리자마자 정민은 바지 주머니 속에서 접이식 칼을 움켜쥐었다.

주주가 나서기 전에 누군가가 잽싸게 정민의 등 뒤로 다가섰다. 서늘한 무엇이, 아마도 총구인 게 분명한 그것이 허리에 닿았다. 한순간에 제압당한 정민은 아차 싶어 헛숨을 들이켰다.

“얌전히.”

낮은 목소리가 명령했다. 잠깐 등대를 비운 사이에 침입자가 있었다. 정민은 이번에도 한 손을 뻗어 주주에게 가만히 있을 것을 부탁했다.

불시착한 조종사

겪어 본 적 없는 긴장감이 몰려들었다. 낯선 인기척에 온 신경이 쏠리며, 심장이 뼈와 살을 뚫고 나올 듯 뛰어댔다.

침입자는 한 사람뿐일까. 정민은 가슴이 덜컥 내려앉는 걸 느끼면서도 머리를 굴리려고 애썼다. 어떻게 하면 좋을까. 이런 상황에 대비하려고 어릴 때 잠깐 배웠던 호신술은 하나도 기억나지 않았다. 그런데도 무모한 생각이 정민을 갈팡질팡하게 만들었다. 등대에 허락 없이 들어와 위협하는 이 불청객이 혼자라면 어떻게든 막아 볼 수 있지 않을까. 몸을 낮춰 갑작스럽게 돌진하면 그를 잠깐이나마 무력화시킬 수 있지 않나.

"다치게 할 맘 없으니까 허튼 생각은 말고."

정민의 수를 읽기라도 한 듯 경고하는 목소리가 마냥 여유로웠다. 정민은 이제 목소리의 주인이 누구인지에 대해 고심했다. 사람인가, 아니라면 주주 같은 로봇인가. 어째서 같은 생존자를 겁주는 거지. 살면서 느껴 본 적 없는 날것의 긴장감이 정민을 오도 가도 못하게 만들었다.

"시키는 대로 할게요."

그러니 부디 공격하지 말아 달라고 속으로 빌며 정민은 두 눈을 빠르게 깜빡였다. 땀방울이 속눈썹에 고였다가 뺨을 타고 떨어졌다.

침착하자. 쫄 거 없어. 속으로 되뇌며 침입자의 다음 말을 기다리는 동안 입안이 타들어 가는 기분이었다.

"돌아서. 이쪽으로 손 안쪽 보이게 하고."

걸걸하고 낮은 목소리에는 힘줄이 있기라도 한 것처럼 강단이 느껴진다. 정민은 두 손을 들어 보인 채 침입자를 향해 느릿느릿 돌아섰다.

"해군은 당연히 아니겠고. 등대 관리원?"

"그 비슷한 일을 하고 있어요. 일단은."

진위 여부를 파헤치기라도 할 것처럼 날카로운 눈초

리였으나 질문은 곧장 다음으로 넘어갔다.

"저건 뭐지? 구조봇인가?"

"아니에요. 악기 연주하는 로봇이에요."

검정색 군복 차림의 여자는 미간을 좁혔다. 로봇과 단둘이 등대에 남은 정민의 사정을 대강 파악해 보려는 듯했다.

"왜 여태 여기 있는 거지? 되도록 바다에서 먼 데로 피하지 않고."

그 말에 정민은 곧바로 입이 떨어지질 않았다. 도망칠 기회는 정민 스스로 버린 셈이었다. 목숨을 잃은 유민이 여기 이 섬에 눈 감고 있는데, 떠날 수 있을 리가.

"어쩌다 보니 여기 있게 됐네요."

정민이 여전히 두 손을 든 채 둘러댔다.

"정말이에요. 수상한 사람 아니니까 그 총 좀……."

여자의 눈썹이 비딱하게 솟았다. 혼자 어떻게 살아남은 거냐고 묻는 듯한 시선이 불길 같다. 자초지종을 설명하기에는 상황이 급박했다. 자칫하면 여자가 쏜 총에 맞을 수도 있다는 걱정이 들어 다리가 후들거렸다.

정민은 긴장한 목소리로 더듬더듬 말을 이었다.

"고립됐어요. 육지로 갈까 생각해 봤지만 너무 위험할 것 같아서, 그래서 여기 있는 거예요."

그간의 사정을 소리 내어 말하면서 정민은 점점 진정되는 걸 느꼈다. 곁에 주주가 있다는 사실도 평정심을 되찾을 수 있게 도와줬다. 정민은 소리 없이 심호흡했다. 조금씩 시야가 넓어졌다. 너무 긴장했던 처음과 달리 많은 것을 파악할 여유가 생겼다.

여자는 짙은 눈썹과 선이 굵은 인상 때문에 강인하고 대하기 어려운 분위기를 자아냈는데, 뺨에 묻어 있는 그을음이며 온갖 생채기를 보아하니 사숙도까지 오는 여정이 그리 순탄하지 않았음을 가늠할 수 있었다. 시키는 대로 군말 없이 따르는 정민에게, 여자는 여전히 권총을 거두지 않은 채 말했다.

"몇 살이지?"

목숨을 위협하는 상황에서 던질 만한 질문은 아니지 않나. 정민은 조금 의아했지만 순순히 대답했다.

"열아홉이요."

여자는 어리네, 중얼거리고는 총을 거뒀다. 저보다 어린 사람을 대상으로 총기를 쓸 생각은 추호도 없다는 마음이 읽혔지만 정민은 경계심을 완전히 풀지 않았다. 언제든 목숨을 잃을 수 있는 상황에서 난데없이 허탈해졌다. 무엇보다 열아홉이라는 나이가 정민을 무력하게 만들었다. 여자에게서 권총을 빼앗아 오지 않는 이상 위협받는 처지는 변함없었다.

곰곰이 생각하던 정민은 이제 다른 수를 써야 함을 깨달았다. 주주가 한 걸음 다가와 정민의 옆에 붙어 섰다. 불안하거나 불쾌해야 마땅한데 정민은 다른 의미로 두근거리기 시작했다. 아무리 위협받았다손 쳐도 살아 있는 사람과 만났다. 그 사실이 근거리에 있는 총기의 존재를 희미하게 만들었다.

만나서 반가워요. 나 혼자만 살아남은 줄 알고 실은 너무 무서웠어요. 정신없이 하소연을 쏟아붓고 싶은 마음이 만만치 않게 부풀어서 가슴이 쿵쾅거린다.

“정말 오랜만이에요. 저 말고 다른 사람을 만난 건.”

조그맣게 한숨을 내쉰 정민은 여자에게서 눈을 떼지 못했다. 여자는 정민의 말을 듣고도 별다른 대답을 하지 않았다.

말단 군인처럼 보이지는 않는다. 뺨에 그어져 있는

피딱지가 내려앉은 상처와 조금 충혈된 눈, 젖은 군복 차림과 상명하복에 익숙해 보이는 명령조의 말투, 담대한 분위기. 눈빛이나 반듯한 자세에서 흐르는 위엄으로 보건대 여자는 서열이 꽤 높은 사람 같았다.

"몰아세운 마당에 이런 말 하기 좀 그렇지만."

여자가 뜸을 들이다가 입을 열었다.

"물 한 잔만 마실 수 있을까?"

여자의 정체를 열심히 추측하던 정민은 우두커니 서 있다가 뒤늦게 아, 하고 외마디를 내뱉었다.

"목이 너무 말라서 말이야."

그러고 보니 여자의 목소리는 오랜 시간 목을 축인 적 없는 게 아닌가 싶을 만큼 잔뜩 쉬어 있다.

"잠시만 기다려 주세요."

돌아선 정민은 주주에게 아무 일 없을 거라고 눈짓하고는 3층으로 뛰어 올라갔다. 미니 냉장고에서 물을 꺼내 와 내미는 잠깐 사이에 열이 올랐다. 정민은 후드티의 소매를 접어 올리며 열기를 식혔다.

"고마워."

생수병을 받아 든 여자가 갈라진 목소리로 인사했다.

두 눈에 얼핏 안도감이 스친 여자는 단숨에 500밀리리터짜리 생수병을 절반 정도 비웠다.

"……저기."

정민은 용기를 내어 입을 열었다.

"무슨 일이 일어난 거예요?"

여자가 짧은 단발머리를 쓸어 넘기며 정민을 흘긋 쳐다보았다. 정민은 속으로만 끊임없이 중얼거리던 질문을 머뭇머뭇 꺼냈다.

"다들…… 괜찮아요? 그 거인은 뭐죠? 사숙도에는 어떻게 왔어요?"

"무슨 일이, 일어나긴 했지."

여자가 신경질적으로 웃었다.

"괜찮은 사람은 아마도 없겠고."

두 사람은 한동안 말없이 서로를 바라보기만 했다. 오가는 말은 없었지만 많은 이야기를 전하는 듯한 눈빛을 읽을 수 있었다. 정민은 여자에게서 어떤 흥분감을 읽었는데, 그건 목숨을 건 현장에서 살아 돌아온 사람만이 자아낼 수 있는 거였다. 죽음의 고비를 수차례 넘겨 가까스로 살아남은 사람에게서나 볼 수 있는 체념이기도 했다.

용케 살아 줘서 고맙다는 듯 여자가 불쑥 한 손을 내밀었다.

"……반가워."

정민은 머뭇거리다가 그 손을 잡았다.

"반가워요."

위아래로 흔들리는 맞잡은 손이 비현실적으로 느껴져 정민은 멍하니 눈을 깜빡였다.

여자는 자신을 대한민국 공군이라고 소개했다. 서근영 대위는 자신이 어젯밤 이 섬에, 사숙도에 불시착했으며 가까스로 불타는 전투기에서 탈출했다고 말했다. 그제야 정민은 근영의 검정 군복 곳곳에서 핏물이 배어 나오고 있다는 걸 깨달았다.

"피!"

정민이 외치자 근영은 무심한 얼굴로 욕설을 중얼거렸다.

"아, 별거 아닐 거야."

"구급상자 꺼내 올게요!"

정민은 대답을 기다리지 않고 2층에서 구급함을 가지

고 내려왔다.

"곪기 전에 소독해 두는 게 좋을 거예요. 전문가 수준은 아니지만 손쓸 수 있을 것 같은 상처는 어떻게든 해 볼게요."

정민은 신중한 얼굴로 소독약의 마개를 열었다.

상처가 난 부위의 군복을 가위로 찢고 소독을 하고 나서야 근영은 경계심이 조금 풀렸는지 목소리가 누그러졌다.

"잠깐 눈 좀 붙일 데 있나? 잠을 못 자서."

밤낮없이 전투를 치렀다면 무척 피로할 터였다. 정민은 눈치 빠르게 일어서며 손짓했다.

"이쪽으로 올라오세요."

정민은 피로해 보이는 낯선 손님에게 기꺼이 자신의 침대를 양보했다. 정민을 따라 3층으로 올라온 근영은 작고 딱딱한 침대에 바로 누웠다. 두 사람의 뒤를 종종 따라온 주주가 정민과 근영을 번갈아 보다가 수첩을 내밀었다.

"……음악을 들려드릴까요?"

수첩에 적어둔 주주의 말을 따라 읽은 근영이 이게

대체 무슨 말이냐는 듯 정민을 바라보았다.

"위로해 주고 싶은가 봐요."

"무슨 노랠 들려줄 수 있는데?"

근영이 흥미로운 듯 눈을 반짝였다. 지금 이 상황에서 로봇이 들려주겠다는 음악의 장르를 궁금해하는 태도를 보며 정민은 다시금 근영이 매사 침착하고 느긋한 성격이라는 것을 알 수 있었다. 그러나 주주가 재생할 수 있는 음악의 가짓수가 꽤 되었으므로 수첩에 대답을 모두 적기까지 시간이 걸렸다.

"오늘은 됐어. 내일 들려줘."

베개에 완전히 머리를 댄 근영은 어느새 눈을 감은 채였다.

"벼락이 치고 나서……."

"네?"

그대로 잠드는 줄 알았는데, 근영이 잠기운 어린 목소리로 중얼거렸다.

"침략을…… 손쓸 틈 없이…… 전 세계적으로……."

그리고 이어진 말은 정민이 짐작했던 결말과 크게 다르지 않았다. 주주는 수첩을 덮으며 특유의 무심한 얼굴로 근영을 바라보고 있었다.

그러니까 한국뿐만 아니라 다른 나라도 당했구나. 전 세계가 동시에 습격을 당했으니 제대로 대비할 새가 없었을 것이다. 그렇다면 어디론가의 탈출도 사실상 마땅치 않고, 이미 머물고 있는 곳에서 숨어 지내는 것만이 멸망 직전의 세상을 견디는 유일한 방법이라는 건데. 정민은 근영의 발치에 힘없이 걸터앉았다.

생존자가 더 있을까. 우리 두 사람 말고 또 있을까. 더 있더라도 각자의 자리에서 얼마나 더 버틸 수 있을까. 살아남아 하루하루를 버티고 있다 해도 서로가 만날 날이 올까.

나는 앞으로…… 얼마나 더 살 수 있지. 주주, 그리고 사숙도에 불시착한 공군까지 셋이서 이 섬을 무사히 벗어나 어딘가에 있을 더욱 안전한 곳에 다다를 수 있을까. 미래를 가정해 보던 생각의 밝기가 빠르게 어둑해져 갔다. 그러는 사이 밤이 찾아왔다.

잠든 근영을 내려다보며 정민은 유민을 생각했다. 애도하는 일을 금방 끝낼 수 있을 것 같지 않다. 나이 차는 훨씬 나지만 어쩐지 유민을 떠올리게 하는 여자였다.

'혼자 사는 방법을 터득해야 돼.'

모든 일이 그렇겠지만 등대원이 되어 묵묵히 바닷길을 밝히는 일 또한 쉽지 않고, 그 일을 잘 해내려고 노력한 유민은 버릇처럼 당부했었다.

'강해져야 한다고, 정민아. 그리고 네가 가끔 잊어버리는 것 같은데, 나한텐 네가 바다보다 소중해.'

내색하진 않았지만 줄곧 이 악물고 살아온 유민을 알기에 정민은 그 말을 허투루 듣지 않았다. 그러나 정민은 유민이 아니었고 유민의 활기라든가 악착같음을 흉내내기 어려웠다. 강해진다는 게 뭘까. 혼자 살아남으려면 얼마큼 버티면서 나아가야 할까. 느슨하게 사는 날은 이대로 영영 오지 않으려나 싶다가도 자신은 유민이 바다보다 좋아하는 사람이라는 사실이 무언의 주문처럼 정민을 이끈다.

아무리 물어도 대답해 줄 수 있는 유민은 이제 곁에 없다. 정민은 어느 순간 아득해져 아랫입술을 씹었다. 언니, 다른 생존자를 만났어. 민간인은 아니고 군인인데 어쩌면 살아가는 데 조금쯤 도움받을 수 있을지도 몰라.

근영의 일정한 숨소리가 자장가처럼 들려왔다. 눈꺼

풀이 무거워지는 걸 느끼며 정민은 꾸벅꾸벅 졸기 시작했다. 모르는 사이 긴장했던 몸이 나른하게 풀렸다. 주주도 수면 모드로 전환하여 잠든 듯이 자리를 지켰다.

희한하고 편안한 밤이 깊어 간다고 여기며 깊은 잠에 빠져들 때였다.

철컥, 철컥. 쇳덩이를 굴리는 듯한 둔탁한 소리가 들렸다. 가느스름히 눈을 뜬 정민은 잠든 줄 알았던 근영이 앉아 있는 뒷모습을 봤다. 사방이 어두웠지만 어둠에 익숙해진 두 눈으로 근영이 무릎 위에서 조작하고 있는 물건의 윤곽을 금방 알아볼 수 있었다.

권총이었다.

전투 준비

계기판의 수많은 버튼과 레이더 경보 장치 등이 빼곡하게 설치된 조종실에 탑승하여 구름의 위아래를 초음속으로 비행하던 시절이 근영에게 있었다. 다양한 공중전과 지상 공격 상황을 가정하여 훈련했던 시간이 모종의 공격을 받아 깨어져 흩어진 현실이 믿기지 않는다.

돌이켜 보면 이상한 일이었다. 무선 신호가 잡히지 않아 얼떨떨했지만, 수천 번 훈련한 대로 비행을 마치고 지상으로 내려온 날 기지가 폭발했다. 화염에 휩싸인 비행장. 습격에 대비하라는 외침. 그리고 바다 내음과 피 냄새를 동시에 풍기며 나타나 사방을 때려 부수고 있는 정체불명의 생명체. 대형을 갖추기도 전에 허무하게 던져지는 전투기. 그리고 포탄처럼 빗발치는 비명.

얕은 꿈을 꾸던 근영은 불현듯 놀라며 눈을 떴다.

"괜찮으세요?"

자는 모습을 수시로 들여다보고 있던 정민이 조심스럽게 물었다.

"악몽을 꾸신 것 같았는데."

"음."

"깨울지 말지 망설였는데, 깨워 드렸어야 했나 봐요."

정민이 뺨을 긁적이며 미안한 표정을 지었다.

"아니, 괜찮아. 제때 일어났으니까."

마른 입술을 혀로 축인 근영이 가라앉은 목소리로 말하며 손을 내저었다. 피아 식별을 실패하여 적군기에게 공격받았던 꿈과는 비교할 수 없는 악몽이었으나 제때 깨어난 셈이었다.

이대로 근영이 자신의 침대에서 영영 눈을 감아 버릴까 봐 걱정했던 정민은 그제야 조금 안도하며 아껴 뒀던 초코칩 쿠키를 건넸다.

"좀 드세요."

"……아, 고마워."

쿠키를 받아 든 근영은 미미한 두통이 느껴지는 이마

를 손등으로 문지르며 작게 신음했다. 사위가 어두운 것으로 봐서 아직 한밤중인 듯했다.

"넌 안 잤니?"

생각보다 말똥한 정민의 눈초리를 보며 근영은 내심 걱정했다.

"내가 괜히 잠자리를 뺏어서."

"아니에요. 옆에서 좀 잤어요."

하품을 하느라 눈물을 찔끔 흘린 정민이 조용히 대답했다. 사실 근영을 경계하느라 마음 놓고 잘 수 없었다. 근영이 언제고 다시 총구를 겨눌 수 있었으므로 최대한 졸음을 몰아내며 깨어 있었던 것이다.

"근데……."

근영은 많이 배고팠는지 쿠키를 한입에 넣어 우물거리며 말했다.

"저 녀석은, 원래부터 여기에 있었나?"

구조 로봇도 아닌 모델이 어째서 악기라고는 찾으려야 찾을 수 없는 등대에 있는 거냐고 의아해하는 근영에게 정민은 그간의 일을 간략히 설명했다.

"바다에 떠밀려 온 걸 제가 발견했어요. 운이 좋았죠."

나에게든 주주에게든. 정민은 말없이 안도하며 손가락을 모았다가 폈다. 지금까지 혼자였다면, 주주마저 없었다면 역시 오늘 이때까지 버티지 못했을 것이다.

"많이 힘들었겠네."

"그러는 서근영 대위님은요?"

정민은 마른침을 삼켰다가 다시 입을 열었다.

"계속 혼자셨나요? 아니면."

"혼자는 아니지. 딸이 있어."

근영은 등대 천장의 연꽃무늬를 올려다보며 딴청을 피우는가 싶더니 한참 만에 말했다.

"정민 씨랑 같은 나이야. 열아홉."

"아."

정민은 딸을 걱정하는 근영의 축축한 마음이 느껴져서 얼른 저 마음을 조금이라도 건조시켜야겠다고 황급히 생각했다. 동료들은 어디 있느냐고 차마 물을 수 없었다. 가뜩이나 높은 이곳의 습도가 근영과 정민의 우울과 불안으로 걷잡을 수 없이 치솟아 버릴지도 모른다. 악기 연주용 로봇인 주주에게는 당연히 건조 기능이 없을 테고 말이다.

"파로스 등대라고 들어 봤어요?"

그리하여 생각해 낸 이야깃거리는 유민이 좋아하던 전설 속 등대였다. 그동안 속으로만 불러 온 이름을 꺼낸 순간 정민은 오랜만에 가슴 저 밑에서부터 어떤 바람이, 그리움을 담아 부드럽게 불어오는 걸 느꼈다. 한 번도 본 적 없는 걸 그리워할 수 있을까.

"기원전 3세기 무렵에 세워진 등대래요."

"기원전이라. 까마득하네."

"불빛은 50킬로미터 밖까지 닿고 높이는 130미터가 넘었다는데, 꼭대기에는 포세이돈 동상이 있었대요."

"포세이돈?"

"바다의 신이요. 대리석으로 만들어졌다는 대등대를…… 저는 오래전부터 동경해 온 것 같아요. 우리 언니처럼요."

정민이 띄엄띄엄 질문했듯 근영 역시 모든 것을 묻지 않았다. '언니'의 부재를 눈치챈 근영은 잠자코 정민의 이야기를 들었다.

"언니는, 지금은 사라지고 없는 그 등대 때문에 등대원이 된 거라고 했어요."

그리고 지금 정민은 유민을 따라서, 지금은 여기 없는 언니를 따라서 등대를 지키고 있다. 정민을 쉽게 떠날 수 없는 처지로 만든 건 괴생명체뿐만이 아니었다. 보이지 않는 족쇄는 애도의 이름을 갖고 있는 한편, 책임자의 이름을 지니고 있기도 했다.

"그래도 전 본 적 없는 등대보다 사숙도 등대가 더 좋아요."

"이 등대 이름이……."

"네, 사숙도 등대예요."

"사숙도."

잠자코 중얼거린 근영이 말을 이었다.

"여기도 아름다워. 제대로 둘러보진 못했지만."

정민과 근영은 잠시 아무 말도 하지 않았다. 어쩌면 지금 이 순간이 살아생전에 누리는 낯선 사람과의 마지막 교류일지도 모른다는 생각에 정민은 목이 조금 막혔다.

"이제 세상은 어떻게 될까요?"

"끝나겠지. 가망이 없으니까."

"가망이…… 없어요?"

정민은 정답을 아는 질문을 굳이 하는 듯한 기분을

털어 내려 주먹을 쥐었다.

"아예 없어요?"

"냉정하게 말하면."

근영이 지친 목소리로 말했다.

"놈들은 전자기 펄스를 뿜어내."

"전자기 펄스요?"

"어떤 원리로 생명체가 그런 위협적인 잡음을 내는지 모르겠지만 그 때문에 전자식 무기는 전부 소용없어. 주파수 골라내는 레이더가 전부 먹통 됐으니까. 미사일 시스템도 몽땅 다."

정민은 입술을 달싹이며 무엇이든 말하려 했지만 아무 말도 할 수 없었다.

"그러니 이길 수 없는 싸움인 셈이고."

관자놀이를 문지르며 한숨을 내쉰 근영은 피해가 크다고 말했다. 세상은 이미 인류가 갉아먹고 있어서 오래전부터 희망이 없었지만 예상보다 더 빨리 끝을 보게 생겼다는 말에는 조금의 과장도 없어 보였다. 그렇게 되면 한국은, 나아가 이 푸른 별은 스스로 수명이 다하기도 전에 더는 빛나지 않을 거라고도 말했다.

“수동 무기로 공격하면 되잖아요.”

“그것도 어려워.”

근영은 고개를 저었다.

“육지에서는 해파리처럼 투명해지거든.”

“투명해진다고요?”

“피부색을 바꾸는 능력이 있는 것 같아. 색소 세포를 통제한다고 해야 하나.”

“……문어처럼요?”

놀란 정민을 마주 보며 근영은 어깨를 으쓱했다.

“스스로 위장하는 거지, 문어처럼. 놈들이 숨으면 감지할 방법이 없어. 체온이 낮아서 열 추적 장비에도 안 걸리고.”

“발자국 같은 흔적을 찾으면 되지 않아요?”

“아무것도 안 남기니까 문제야. 남기는 거라곤 약간의 물기가 전부고. 인간을 아주 기만하는 괴물들이야.”

뜻밖의 소식에 생각이 많아진 정민은 원형 창문 너머를 바라보았다. 빛의 간섭을 받지 않고 스스로 투명해질 수 있는 데다 자유자재로 가볍게 움직인다는 거인을 무슨 수로 무찌르나. 전자기 펄스까지 방사한다는데 무슨 수로…….

"등대 근처에……."

정민은 심각한 얼굴을 한 근영의 어깨를 잡고 살짝 흔들었다.

"여기서 멀지 않은 바다에 그게 있어요. 최근에 봤어요."

그리고 그것이, 붉은 괴생명체가 마치 잠든 것처럼 보였다고 정민이 말하려 할 때 근영이 눈을 부릅떴다. 정민의 말에 반응했다기보다는 등대 상부에서 들려오는 기계음 때문이었다.

뚜, 뚜, 뚜.

철제 계단을 순식간에 뛰어 올라간 두 사람은 위성 항법 보정 시스템 화면에서 깜박이는 불빛을 보고 나서 시선을 교환했다.

"생존자가 더 있나 봐요!"

정민이 소리쳤다.

"잠깐만."

뒤에서 근영이 불러 세웠지만 정민은 등대 밖으로 뛰어나갔다.

그러나 아무리 밤바다를 뚫어져라 살펴봐도 선박의 불빛으로 추정되는 건 하나도 보이지 않았다. 잘못 본 걸까. 다시 위성 항법 보정 시스템을 확인하러 올라온 둘은 허탈한 숨을 내쉬었다. 조금 전에 잡혔던 신호가 거짓말처럼 사라진 것이다.

근영이 조그맣게 혀를 찼다. 기대감으로 부풀던 마음이 제대로 부피를 키우기도 전에 사그라들어 버렸다.

"놈들은, 소문대로 바닷속에서 나온 거죠?"

"그럴 거야."

바닥에 털썩 앉은 근영이 고개를 끄덕였다.

"최초로 목격한 게 잠수정이었다는 무전을 들었어. 뭣보다 생긴 게 팔다리 달린 멍게잖아."

지구에서 바다 말고는 그들의 서식지를 설명할 만한 데가 없었다. 정민은 생각에 잠긴 얼굴로 근영의 앞을 서성였다. 그리고 자신의 가정을 떠오르는 대로 내뱉기 시작했다.

"……어쩌면 놈들은 앞을 볼 수 없을 거예요."

"앞을 못 본다고?"

"네."

정민은 고개를 끄덕였다. 확신에 찬 말투는 뒤로 갈수록 힘이 실렸다.

"시각이 아예 퇴화했을지도 몰라요. 대신 다른 감각 기관이 발달했겠고."

"다른 감각 기관이라."

근영이 이마를 긁적이며 정민의 말을 곱씹었다. 정민은 그동안 섬에서 틈날 때마다 떠올리던 추측들을 하나하나 근영과 공유했다. 그 모든 것이 하나의 희망이 되길 바라면서, 간절히.

"심해 생물이 그런 것처럼요. 그러니까 괴물이, 깊은 바다에서 올라온 게 사실이라면 심해에 사는 생물의 생장 조건을 따를 가능성이 높을 거예요."

정민은 거의 확신하며 말했다.

등대에서 생활하는 동안 해양 생물 관련 서적을 틈틈이 탐독해 온 보람이 있다는 생각이 들자 가슴이 뛰었다. 막연한 추측이 아니었으니 해 볼 만하겠다는 마음마저 커져 갔다.

"어두운 환경에 적응해야 했을 테니 시각에 의존하지 않았을 확률이 높아요. 저 밑에서 그런 식으로 살아왔을 거예요. 빛과 소리에 아주 민감하거나……."

"민감하지 않겠지."

근영이 곧바로 말을 받았다.

고개를 끄덕인 정민은 검지로 등대 위를 가리켰다.

"등명기를 밝혀 볼게요. 섬 근처에서 발견한 괴물 쪽으로."

"뭐?"

그건 위험할 수도 있다고 근영이 저지하기도 전에 정민이 단호하게 말했다.

"약점을 찾을 수 있을지도 몰라요."

"정민 씨."

근영이 뜸을 들이다가 말했다.

"불빛을 비춰서 빛에 예민한지 아닌지를 알아낸다고 치자. 놈이 바로 공격이라도 하면 어쩔 셈이야? 그러면 등대도 우리도 사라지는 거야, 이 섬에서."

"그럴 수도 있겠죠."

최악의 경우는 그랬다. 하지만 정민은 가만히 앉아 짧고도 긴 추모를 하고, 사숙도 안팎에서 주주와 살아갈 길을 찾아 봐야 했다. 혹은 여태 숨 죽여 지내 왔으니 무엇이라도 시도해 보고 싶었다. 유민이라면 응당 그랬을 테니까.

"괜찮아요."

정민은 짧은 고민 끝에 그렇게 말했다. 괜찮다. 아무래도 상관없었다. 모든 게 괜찮지 않은 세상에서 정말로 괜찮을 리는 없었지만 그래도 괜찮을 거라고 한번 마음먹으니 불안의 크기가 버틸 만큼 줄어드는 것 같았다. 더는 물러서거나 숨을 곳이 없었다. 어차피 발이 묶인 처지다. 그리고 이 섬에서 기적처럼 근영과 마주쳤으니 생존자가 더 있을 가능성이 높았다. 정민은 그들과 어떻게 해서든 만나고 싶었고, 그렇다면 일단 마음이 가는 대로 부딪쳐 보기로 했다.

"대위님은요? 괜찮으시겠어요?"

"나야 뭐."

떨떠름한 얼굴로 정민의 계획을 곱씹던 근영이 살며시 미소 지었다.

"항상 전투 태세지. F-31이나 활주로 없이도."

그날 밤 사숙도 등대의 꼭대기에 불빛이 들어왔다. 오랜만에 불을 밝히자 밤이 환했다. 정확히 12초마다 눈이 부셨다.

하얀 빛은 언제나 그랬듯이 검푸른 바다 위로 길게 뻗어 나갔다. 등명기가 자동으로 회전하지 않도록 고정해 놓은 정민은 최근 괴물을 발견했던 등부표 쪽으로 빛의 각도를 조정했다. 다시 12초가 지나자 붉은 거인이 마지막으로 목격된 곳에 부표처럼 떠 있는 게 보였다. 죽은 건지, 살아서 단지 휴식을 취하고 있는 건지 모르겠으나, 제 모습을 감추지 않고 있었다.

그리고…… 빛에 반응하지 않았다. 예상대로.

정민은 긴장한 얼굴로 무신호를 수동으로 조작했다. 그 모습을 주주가 물끄러미 지켜봤다.

부우우우.

웅장하고 묵직한 소음을 내보내고 다시 차단하자 3초 간격으로 울리게끔 설정되어 있던 음향 신호가 뚝 끊겼다. 그사이 식은땀이 흘렀다. 정민은 너무 긴장해서 심장 뛰는 소리가 귓가에서 울리는 것만 같았다.

두 사람은 등대 불빛이 닿아 있는 등부표 쪽을 쳐다보았다. 밤공기를 흔들며 지나가던 소리가 토막 나 버리고 난 후, 마침내 괴생명체의 촉수가 꿈틀거렸다. 살아 있다. 지상 위의 것을 닥치는 대로 파괴했다는 괴물

중에 하나가 사숙도에서 호흡하고 있었다.

쾅. 그것의 생체 신호를 목격한 주주가 발을 한 번 굴렀다. 놈의 숨통을 짓누르고 싶기라도 한 것처럼. 그렇게 하면 누군가 꼭 살아올 거라고 믿는 듯이 어쩐지 간절한 표정이었다.

정민은 어둠 속에서 몸을 뒤척였다. 한숨도 잘 수 없었다. 눈꺼풀이 어느 때보다도 무거웠지만 생각에 생각을 거듭하는 바람에 쉽사리 잠에 빠져들지 못했다. 근영도 마찬가지였는지 뒤척이는 소리가 연달아 이어졌다.

"대위님."

정민이 숨을 크게 들이마셨다가 내쉬었다.

"대위님을 믿어도 될까요?"

뜬금없는 물음에도 근영은 잠이라도 든 것처럼 숨소리조차 내지 않았다. 정민은 줄곧 속에서 굴려 온 의심을 스스럼없이 꺼냈다.

"믿고 싶어요. 대위님이 베개 밑에 둔 권총을 저나 주주에게 겨누는 일은 없을 거라고."

겉치레 없이 말하고 나니 속이 시원했다. 근영이 언제

든 마음 내킬 때면 자신과 주주를 위협할 수 있으리라 생각했다. 생판 남이나 다름없으니 근영의 머릿속이 어떤 감정과 의도로 이루어졌는지 짐작할 수 없었고 그 때문에 알게 모르게 불안했다.

허, 하고 웃는 소리 다음으로 근영이 몸을 일으키는 소리가 들렸다.

"이봐, 정민 씨."

근영이 잠기운이라고는 조금도 없는 목소리로 명료하게 말했다.

"내가 이 총을 쓸 상대는 저 바다에 있는 놈뿐이야."

우리가 첫인상이 좋지는 않았지만 걱정 붙들어 매라며 웃은 근영이 다시 풀썩 누웠다.

정민은 저도 모르게 쥐고 있던 주먹을 살살 폈다. 그러고는 근영 모르게 안도하며 천장을 향해 바로 누웠다.

한동안 두 사람은 서로의 숨소리를 들으며 등대 밖의 괴물을 생각했다. 자극을 받은 그것은 잠깐의 음향 신호에 작은 반응을 보였지만 그뿐이었다. 더 이상 움직이지 않았으나, 정민과 근영에게는 커다란 위협이자 새로운 가능성이 되어 두 사람을 잠 못 이루게 했다.

둘에게 잠기운이 덮칠 만한 기미가 없자, 주주는 '노래를 들려드릴까요' 라고 적은 종이를 내밀었다.

"괜찮아. 너도 좀 쉬어."

정민이 그렇게 말했으나 주주는 수면 모드로 전환하는 대신 녹음 파일 하나를 조그맣게 재생했다. 귀에 거슬리지 않을 만한 볼륨으로 틀어 준 그것은 주주가 에이스호에서 피아노를 치던 시기에 무대에서 연주하던 재즈 메들리였다.

"이거, 무슨 노래지? 어디서 많이 들어 본 것 같은데."

메들리의 첫 번째 순서로 흘러나온 곡의 이름을 아는 정민이 주주 대신 대답했다.

"비욘드 더 시(Beyond the sea)요."

노래가 먼저였을까, 노랫말이 먼저였을까.

누군가의 마음이 담긴 사랑의 노래가 결전의 날을 앞둔 두 사람을 다독이는 것 같았다. 멀리서 우는 새 소리를 들으며 정민은 제발, 하고 중얼거렸다. 세상의 모든 신에게 힘을 달라고 빌고 싶어졌다.

그 바람은 살아 내고 말겠다는 다짐으로 이어졌다.

정민은 날이 밝기 전에 일어나 위성 항법 보정 시스

템 앞에 섰다. 디지털 신호는 다시 잡히지 않았다. 기계음 한 번 울리지 않고 조용했다. 간밤의 일이 꿈처럼 느껴졌다. 뻐근한 목을 주무르며 한참을 서성이던 정민은 미니 냉장고 안을 확인했다. 냉동 만두 한 봉지와 복숭아 통조림 두 캔. 이제 길어도 일주일 치의 식량밖에 남지 않았다.

통조림 하나를 챙겨 오자 이미 일어나 앉아 있던 근영이 고개를 들었다. 근영은 신용 카드 크기의 검은 전자 기기를 들여다보고 있었는데, 정민은 한 번도 본 적 없는 물건이었다.

“좀 드세요.”

숟가락과 함께 복숭아 통조림을 건네자 근영이 고개를 까닥이며 받아 들었다. 복숭아 한 조각을 입에 물고는 숟가락을 도로 정민에게 내민다. 정민은 사양하지 않고 근영의 옆에 앉아 복숭아를 오물오물 씹어 삼켰다.

이 작은 섬에서 앞으로 우리는 어떻게 하면 좋을까. 주주와 같이 평안히 살아남으려면, 더 나아가 근영이 이 섬에 머무는 동안 별일 없이 지내려면 이전처럼 죽은 듯 숨죽여 살 수는 없다.

주주를 바다에서 건져 내는 것과는 차원이 다른 무모한 시도를 해야 할 때가 왔다.

생각을 정리한 정민은 근영을 똑바로 바라보았다.

"저 좀 도와주실 수 있나요?"

"뭐를?"

"그걸, 괴물을 처리하는 거요. 약점을 찾았으니까요. 그게 약점인지는 잘 모르겠지만."

"글쎄. 괜한 시도를 했다간 오히려 다음에 있을 기회를 아주 놓칠지도 모르는데?"

근영이 정민을 빤히 바라보았지만 정민은 그 시선을 조금도 피하지 않았다.

"놈들은 소리에 민감하니까 등대의 무신호를 쏘는 거예요."

"무신호?"

"네. 그러면 근처에 있거나 멀리 떨어져 있는 거인들이 여기로 몰려들겠죠. 한데 모아 놓고 공격하면 되는데……."

어떻게 공격할지는 더 고민해 봐야겠다고 웅얼거리며 고개를 든 정민은 멈칫했다. 미간을 찡그린 근영이 환하게 웃고 있었다.

"우리가 위험해질 텐데?"

그런 말을 하면서 짓는 표정치고 너무나도 환해서 정민은 의아했다.

"그렇겠죠."

"여기, 사숙도 일대가 전부 위험해진다고."

"……알아요. 각오하고 있어요."

어쩌면 이대로 목숨을 잃을 수도 있음을 정민도 모르지 않았다. 정민 안에서 단단하게 기립하는 어떤 마음을 건너보던 근영은 한참 만에 입을 열었다. 어떻게든 돌파구를 찾아낸 사람의 목소리였다.

"보트가 있댔지? 정민 씨, 무신호는 내가 켤 테니 그걸 타고 도망쳐. 저…… 로봇이랑."

"네? 그게 무슨……."

"이 섬에서 멀리 떨어져. 최대한."

"그럼 대위님은요?"

"난……."

근영이 태연하게 말했다.

"남아 있어야지. 표적이 돼야 하니까."

"대위님 혼자선 무리예요."

"나 혼자뿐일 리 없잖아. 어딘가에 아직 살아 있는 군인들이 있을 거야."

근영이 어깨를 으쓱했다.

정민은 천천히 호흡했다. 언제까지나 안정을 추구하며 도망치기만 할 수는 없었다. 무엇보다 또다시 혼자가 되기는 싫었다.

"같이 표적이 돼요."

"정민 씨."

"할 수 있어요. 저도 표적이 될게요."

영웅도 뭣도 아니지만. 아무것도 하지 않으면 결국 무엇도 바꾸지 못한 채 살거나, 죽는 날만을 기다리는 꼴이 될 테니까.

"사숙도 등대를 지켜 내고, 여기서 주주랑 같이 되도록 오래 살 거예요."

어떤 가능성은 느닷없이 살아가는 방식을 바꿔 버린다. 그것이 마음에 들든 탐탁하지 않든 고민하느라 낭비할 시간이 더는 없다.

"후회하고 싶지 않아요."

정민은 여기 사숙도 등대를 전설 속의 등대처럼 허물어지게 두고 싶지 않으며, 마지막까지 숨어 살고 싶지 않다는 의지를 고스란히 내보였다.

“너도 그렇지?”

동의를 구하듯 바라보자 주주가 고개를 세차게 끄덕였다. 정민의 마음을 꺾을 수 없으리란 걸 알았는지 근영이 피식 웃었다.

“할 수 없네. 작전은 참여 인원이 많을수록 좋으니까.”

근영은 복숭아를 먹느라 잠깐 무릎에 내려놓은 기기를 들어 눈앞에서 흔들어 보였다.

작은 안테나. 그리고 채널을 조절할 수 있는 듯한 각종 버튼이 있는 직사각형 기기. 그것을 자세히 보는 정민의 눈이 커졌다.

“이건…….”

“군용 무전기. 운이 좋으면 채널이 끊어지지 않았을 거야. 놈들이 통신을 방해하는데 여긴 일단 하나밖에 없는 것 같고. 한번 눌러 봐.”

위성 전화와 같은 용도라고 설명한 근영은 재차 통신기를 흔들었다. 그가 권한 대로 검정 버튼을 눌렀더니 한동안 소음만 이어졌다. 그리고 몇 분 후, 거짓말처럼 잡음과 함께 콜 사인이 긴급하게 쏟아져 나오기 시작했다.

— Tally.

— Guns, guns, guns!

통달 거리 안에 누군가 정말로 살아 있다. 생존자의 목소리가, 처음 듣는 그 목소리가 귓가에 이명처럼 남았다. 정민이 믿기지 않는다는 얼굴로 속삭였다.

"왜 안 알려 줬어요? 살아 있는 사람들이 더 있다고 왜 얘기 안 해 줬어요?"

"나도 정민 씨를 완전히 믿을 수 없었거든. 얼마 전까진."

"……너무해."

"피차일반이지."

어깨를 으쓱한 근영이 전날 밤에 나눴던 대화의 연장선처럼 물었다.

"이제 정민 씨를 믿어. 자기는?"

"……저도 믿어요."

당신이 더는 위험한 사람이 아니라, 어깨를 나란히 한 채 수평선을 노려볼 사람이라는 것을.

서로에게 세워 놨던 벽을 완전히 허물었음을 확인한 근영이 먼저 입을 열었다.

"서해에 군용 항로 관제 통신 시설이 있어. 아직 누가 남아 있다면 교신할 수 있을 거야."

그렇게 말한 근영은 추락하기 전에 보고 받은 교전 내용을 무전기에 대고 흘려보내기 시작했다. 누구에게 가닿을지 모를 작전 지시가 반복되는 걸 멍하니 바라보던 정민은 자리에서 일어났다. 한 걸음, 다시 한 걸음, 멈추지 않고 걸어가 업무 일지용 태블릿을 들고 온 정민은 사숙도 등대의 방위 정보, 거리 정보 따위를 입력해 근영에게 보여 주었다.

위도와 경도 좌표로 보는 사숙도는 익숙하면서 낯설었다.

잠시 후 근영은 태블릿을 쥔 작은 손에 자신의 손을 얹으며 새로운 무전을 보냈다. 사숙도 위를 지나갈 수 있는 전투기가 부디 한 대 이상 남아 있기를 바라며. 임무 수행까지 무사히 버텨 주기를 바라며.

"밤에, 등대 불을 켜 줘. 바다 말고 하늘로."

근영이 잡은 손에 힘을 주며 말했다.

"놈들이 무신호를 듣고 등대로 몰려오기 전에, 하늘길로 불빛을 비춰. 대원들이 빛을 목표로 비행할 거야."

몇 번의 근접 전투 끝에 놈들의 속성을 미미하게나마 파악한 근영은 계란으로 바위 치는 작전의 처음과 끝을 머릿속으로 바삐 굴렸다. 놈들은 무리를 이루지 않고 단독으로 이동한다. 그것들을 한곳에 몰아 공격을 퍼부으면 아무리 레이더에 잡히지 않는 괴생명체여도 승산이 있을지도 모른다.

정민은 모르겠지만 근영은 해 볼 만하다는 생각이 들 만큼 자신감이 차올라 있었다. 어리고 용감한 등대원 덕분에 조종간을 쥐고 있지 않는데도 두렵지 않았다.

"……좋아. 한번 해 보자고."

다시 무전기를 켠 근영은 가까운 상공에 있는 전투기 및 군용 헬기 조종사들에게 마지막 임무를 전했다.

빛을 따라 비행하라.

그곳을 사격하라.

타종

어느 때보다 잠잠한 바다를 보며 정민은 아예 오지 않을 뻔했던 미래를 생각했다. 해수면 위로 피어오른 안개가 가시는 낮이 오면, 그러고 나서 밤이 찾아오면 많은 것이 바뀔 것이다. 오늘 사숙도 등대가 바닷길을 밝힐 도구는 무신호지만, 하늘길을 밝히는 건 빛이 될 것이다. 항해하는 이들을 위해 빛을 내던 등대는 이제 비행하는 이들을 위해 불빛을 낼 모든 준비를 끝냈다.

유민이 살아 있다면 뭐라고 했을까. 정민은 잔잔하게 출렁거리는 먼바다를 보며 눈을 깜빡였다. 조금쯤 기특해하며 자신이 할 수 있는 일을 찾는 데 골몰했을 테다. 바닷물 표면을 골똘히 보며 정민은 이제 앞으로 다가올 일에 대해 생각했다. 저 위로 등대 불빛이 길게 비추었다가 사라지는 모습을 그려 봤다. 꽤 많은 순간 바닷물을 긋는 빛을 보고 그것을 좋아해 왔기에 눈치 없이 흥분됐다.

뜻밖에도 나는 언니만큼 바다를 좋아하는 모양이지. 정민은 저도 모르게 실실 웃었다. 그러니 불빛과 음향 신호 같은 방법을 총동원하여 어떻게든 살아가려고 하는 거겠지. 더 많은 계절 동안 바다를 보기 위해서. 슬퍼하고 서러워하는 일을 끝내고 마침내 다음으로 넘어가려는 결심을 발판 삼아서.

검푸른 바닷물이 손짓하듯 출렁인다. 어서 다시 빛을 쏘라고, 무엇이든 신호를 보내 바다의 고요함을 깨우라고 속삭이는 것만 같다.

윤활유가 든 통을 발치에 내려놓은 정민은 손을 뻗어 등명기의 윤곽을 덧그렸다. 직접 등대의 모든 기계 설비를 만질 수는 없지만 격려하듯 눈에 담았다. 잠깐 시험 작동을 했을 때 잘 돌아간 걸 보면 등명기가 회전하는 데 큰 문제는 없을 터다. 비상 디젤 발전기 또한 몇 번이나 점검을 마쳤으니 혹시 모를 상황에도 한 시간쯤은 여유 있게 신호를 보낼 수 있을 것이다. 걸음을 옮긴 정민은 차분한 눈길로 기상 현황판을 확인하고 고개를 들었다.

바닷새 몇 마리가 구름 아래에서 유유자적 날고 있다. 바람은 세지만 비는 내리지 않을 것이다. 살랑거리는 잔머리를 귀 뒤로 넘긴 정민은 하늘로 뻗을 등대의 빛줄기가 부디 문제 없이 뻗어 나가기를 바라며 주먹을 움켜쥐었다.

표정 없는 얼굴로 돌아선 정민은 숙소 겸 기계실에 가서 그동안 아껴 둔 비상식량을 모두 꺼내 테이블에 올렸다.

"진수성찬이네."

근영이 농담했다.

"오랜만에 포식하겠어."

눈이 마주치자 실없는 웃음이 흘렀다. 웃을 때가 아닌데도 웃음이 나오는 건 이제부터 실행할 모든 일에 후회가 없으리라는 자신감 때문이었다. 단백질바 한 개와 복숭아 통조림, 말린 미역을 먹으며 정민은 기분 좋은 포만감을 느꼈다.

해가 지기를 기다리는 동안 마땅히 할 일이 없었다.

분주하고 긴박하리라 예상했던 시간은 의외로 더디고 평화롭게 흘렀다. 아무 일도 일어나지 않는 게 이상하리만큼 적막했다.

"뭐라도 할까?"

벗어 뒀던 군복 상의를 다시 반듯하게 챙겨 입은 근영이 턱을 긁적이며 중얼거렸다. 그러나 등대에서 시간을 때울 만한 놀이는 전무했다. 유민은 등대에 머물 때 잠깐의 자유 시간마다 뭘 하며 지낸다고 했더라. 카드 게임을 한 적 있다고 들은 것 같긴 했지만 그다지 구미가 당기지 않는 놀이였고, 무엇보다 정민은 어딘가에 틀어박혀 있을 카드를 찾는 데 남은 시간을 쓰고 싶지 않았다.

나란히 앉아 있던 정민과 근영이 동시에 테이블 위로 엎드리며 얼마 남지 않은 여유를 아까워할 때였다.

톡, 톡, 톡.

주주가 손가락으로 테이블을 두드렸다. 일정한 박자로 테이블을 두드리던 로봇의 손이 곧 허공에서 달걀을 움켜쥐듯 동그랗게 손가락을 모았다.

"주주, 뭐 하는 거야?"

정민이 얼떨떨해하며 물었고, 다음 순간 연주가 시작되었다. 주주는 언젠가 배 위에서 파티의 흥을 돋우던 피아니스트로서의 역할을 수행했다. 정확히는 그 당시의 이미지 파일을 하나하나 넘겨 가며 허공을 짚어 나가는 중이었다.

"오호라."

그 모습을 지켜보던 근영이 턱을 괴며 씩 웃었다.

"끝내주는 연주네. 다시 봤다."

소리 없는 연주를 끝낸 주주가 자리에서 일어나 피아노를 붙잡고 인사하듯 고개를 숙여 보였다. 정민이 박수를 쳤고, 근영은 휘파람을 불며 앙코르, 하고 조그맣게 외쳤다. 주주는 두 사람의 환호에 화답하듯 몇 곡을 더 연주했고 그러는 동안 해가 졌다.

해가 아주 저문 밤에 정민은 유민의 손이 수백 번 가 닿았을 설비를 두 눈에 담았다. 그러고 나서 오랜만에 등대의 불을 밝혔다. 별빛을 가릴 정도로 밝고 거대한 빛이 밤하늘을 곧게 그었다. 근영의 눈짓에 정민은 이번에는 자리를 옮겨 초록색 버튼을 눌렀다.

무신호를 작동시켰다. 보이지 않는 공기 사이렌이 사

숙도 바깥으로 쭉 뻗어 나갔고 정민은 깨진 유리잔을 보듯 망연한 얼굴로 등대를 둘러보았다. 섬 위의 종탑이자 망루가 된 이곳에서 보내는 시간이 얼마 남지 않았다고 실감하며 침을 꼴깍 삼켰다.

"절경이다, 새삼스럽지만."

근영이 문득 창밖으로 동그랗게 잘려 보이는 밤 풍경에 감탄했다. 정민은 고개를 끄덕이며 희미하게 웃었다.

"아름다운 곳이죠."

"여기가 아주 부서지지 않았으면 좋겠네. 산산조각 나지 않으면 좋겠는데."

"저도요."

근영은 별다른 말을 잇지 않고 그저 정민의 어깨에 손을 올렸다. 묵직하고 따뜻한 기운이 어깨를 타고 흘렀다.

뿌우우우우, 뱃고동을 닮은 무신호가 뻗어 나가는 동안 정민과 근영은 숨을 죽인 채 귀를 기울였다. 평생 길잡이 역할을 했던 소리는 이제 수호자의 소리가 되어 공기를 뒤흔들었다.

주주가 기다렸다는 듯 노래를 재생했다. 바다 너머에 있는 이를 기다리는 노래였다. 귀에 익은 사랑의 노래가 함포 소리 없이 고즈넉한 섬에 가장 큰 볼륨으로 울려 퍼졌다. 오늘 밤 세 개 이상의 신호가 사람과 괴물을 부르고 있는 셈이었다.

부디 이 소리가 파로스 등대의 불빛처럼 50킬로미터 밖까지 무사히 흔들리며 나아가길 바랐다. 정민은 두 손을 모으며 속으로 유민의 이름을 불렀다. 도와줘, 언니. 지금 혹시 내가 모르는 형태로 곁에 있다면 멀리 흩어져 있는 놈들이 이 소리를 듣고 사숙도로 몰려오도록 힘을 실어 줘.

쿵!

철썩이는 파도 소리를 뚫고 굉음이 들렸다.

확률 적은 소원이 오래지 않아 이루어졌다. 무신호를 따라 바닷길을 헤치고 밀려오는 그것들이 어렴풋하게 보였지만 하늘은 조용했다.

"이런."

근영이 아랫입술을 잘근 씹었다. 미사일이나 폭탄, 기관총 따위의 공격으로 놈들을 제압해 줄 전투기는 보이지 않았다.

최악의 상황이 닥치니 머릿속이 아득해졌다. 정민과 근영은 아연한 눈빛으로 서로를 바라보았다. 늦었다. 너무 늦은 모양이다. 실체 없는 두려움으로 기도가 막히기라도 한 건지 숨이 잘 쉬어지지 않는다. 가운데 선 주주가 둘의 손을 끌어당겨 잡았다.

빛과 색을 인지하는 게 분명한 괴물이 투명하게 발광하며 다가왔다. 가까워지는 동안 자유자재로 피부색을 바꾸는 그것은 최상위 포식자 그 자체였다. 잡풀이 밟히고 바위가 과자 부스러기처럼 부서졌다. 구름 뒤에 가려졌던 달이 모습을 드러내자, 놈들 아래 짓밟히고 있는 거의 모든 것이 보였다.

"괜찮아요."

정민은 근영과 주주를 번갈아 보며 중얼거렸다.

"절반은 성공한 거잖아요."

어깨를 맞댄 그들이 창에서 뒷걸음질 칠 때였다. 멀리서 낯설고도 익숙한 소음이 들려왔다. 하늘의 여러 각도에서 폭발음을 닮은 커다란 소리가 연이어 울렸고 그 때문인지 땅이 흔들리는 느낌이 들었다.

"너무 늦지 않게 왔네!"

근영이 소리 내어 웃었다. 일렬로 비행하던 전투기 수십 대가 빠르게 하강하기 시작했다. 그리고 눈앞에서 불꽃이 터졌다. 불빛이 일제히 번쩍이고 난 이후부터는 똑바로 서 있을 수 없었다. 달빛보다 더 밝은 빛이 사방에서 유성처럼 떨어지는 것을 감지한 괴물이 척추가 없는 듯한 팔을 휘둘렀다.

섬의 가장자리부터 흔들리는 기분이었다. 중심을 잡다가 넘어진 근영이 무어라 외치며 손을 뻗었지만 정민은 붙잡을 수 없었다.

두 손으로 짚고 있는 바닥이 진동했다. 견고한 돔형 지붕이 무너지고 있다는 것을 보지 않아도 알 수 있었다. 이대로 가면 무신호가 줄어들고 만다. 음향을 감쇄시키는 악조건을 어떻게든 없애야 했다. 이를 악문 정민은 근영이 말릴 새도 없이 등탑을 빙 돌았다. 그러고는 등대 한편에 구시대 항해 유물로 보관 중이었던 유리 케이스를 질질 끌고 왔다.

케이스를 밀어 깨뜨린 정민은 그 안에 있던 무종을 세우고 나무 망치를 집어 들었다. 망치 든 손을 높이 치켜든 정민이 수십 년 동안 울린 적 없던 황동 재질의 종을 울렸다.

댕— 댕— 댕—!

길고 낮은 소리가 발악하듯 퍼졌다. 뻗어 나가는 종소리에 바다가 화답하듯 출렁거렸다. 주주가 정민의 허리를 끌어안았고 그와 거의 동시에 정민은 눈앞이 캄캄해졌다.

빛을 따라서

지금 여기가 도대체 어디인지 모르겠다고 생각하며 정민은 눈을 감은 채 끙끙거렸다. 앓는 소리가 절로 나왔으나 왠지 웃고 싶어졌다.

또다시 생존했다. 나도 참 질긴 목숨 아닌가. 까끌한 입안을 혀로 쓸어 봤지만 아무런 느낌도 들지 않았다. 무엇보다 귀가 멍해서 아무 소리도 들리지 않았다. 이 고요함이 뭘 의미하는지 알 수 없어 조금 초조해진 정민은 하는 수 없이 시간에 몸을 맡겼다.

모래알 같은 이물질이 들어간 듯 버석거리는 귓속에서 바람이 불었다. 어딘가 비정상적으로 뜨겁고 아파오기 시작했다. 처음 겪는 격통이 온몸을 찔러 대서 연신 죽을 것 같다는 생각이 들었다.

놈들은 어떻게 됐을까. 살아남은 건 둘째 치고 곁에 있었던 주주와 근영은 어디에 있는 걸까. 정민은 가물거리는 의식을 붙잡으려 애썼지만 소용없었다. 암전되듯 정신을 잃은 건 한순간이었고 잠시 후 다시 눈을 떴을 땐 오한이 일었다.

가느다란 신음과 함께 울컥 피를 토했다. 정민은 몸을 떨며 눈을 빠르게 깜빡였다. 초점이 잡히지 않는 카메라 렌즈를 들여다보듯 세상이 부옇게 보였다.

"……주주."

정민은 앓는 소리를 내며 눈을 조심스럽게 비볐다.

"대위님…… 어딨어요."

멀지 않은 곳에 정신을 잃고 엎드려 있는 근영이 보였다. 정민은 힘겹게 고개를 돌렸다. 근처에 하늘을 바라본 채 누워 있는 주주도 있었다.

"……다들…… 괜찮아요?"

웅얼거리며 상태를 물어봐도 들려오는 대답은 없다. 정민은 침착하게 제 몸을 살폈다. 추위 탓에 굳은 혀와 입술에 감각이 없다. 하지만 힘을 쥐어 짜내면 움직일 수 있을 것 같다. 수백 개의 조그만 칼날이 몸 여기저기를 쑤시는 듯한 고통이 덮쳤다. 두 눈을 질끈 감은 채 비명을 지른 정민은 팔꿈치로 땅을 짚고 기어가기 시작했다. 마침내 근영에게 닿은 정민은 떨리는 손을 뻗어 근영의 창백한 손을 잡았다. 힘주어 꽉 잡고는 절대 놓지 않았다. 시간의 흐름이 뭉텅이째 이어졌다가 끊어질 때 낯선 소리가 주변을 감쌌다.

"주주."

흐릿해지는 시야를 깜빡이다가 정신을 잃고 깨어나길 몇 차례. 정민은 잠깐씩 정신을 차릴 때마다 주주가 일정한 소리를 내고 있다는 사실을 알아차렸다. 무적을 울리는 배처럼, 주주는 주주만의 뱃고동 소리를 내며 특정 신호를 보내고 있었다. 그건 아마도 구조 신호일 터였다.

눈을 감으며 신음을 삼킨 정민은 사숙도가 공격을 받기 전에 어떤 빛을 봤다고 생각했다.

멀리서 길게 뻗어 오는 빛. 반사경에 부딪혀 먼 곳까지 이어지는 눈부신 빛. 그 찬란하고 아름다운 불빛이 계속 아른거렸다. 후대에 상상화로나마 그려진 파로스 등대의 불빛을 본 것만 같다고 정민은 혼잣말했지만 실제로 입 밖으로 나온 건 신음이 전부였다. 끊어질 듯 말 듯 이어지는 의식 사이로 불빛이 깜빡였다.

그러던 어느 순간 정민은 미간을 찌푸리며 아니야, 하고 중얼거렸다. 파로스가 아니다. 이제는 꺼지고 없는 등대의 불빛은, 정민이 현재 제일 사랑하고 마지막의 마지막까지 사랑할 등대의 불빛이었다.

"……눈부셔."

정민이 희미하게 웃었다.

그리고 긴 꿈을 꿨다. 하루가 지나고 새로운 하루가 찾아왔다가 저물었다. 시간의 흐름을 제대로 알기 어려웠다. 몸을 뒤척일 때마다 느껴지는 통증이 아직 죽지 않았음을 찬물 끼얹듯 일깨워 줬다.

파도가 어김없이 해안가로 밀려와 부딪혔다. 좁은 해안가에는 깨진 콘크리트 조각이 군데군데 흩어져 있었다. 가파른 기암괴석 위로 갈매기만이 유유히 날아다니고 있는 사숙도는 깊은 잠에 빠진 것처럼 고요했다.

춥다고 중얼거린 것 같은데 말소리가 들리지 않았다. 대신 두 개 이상의 회전 날개가 돌아가는 소리가 들렸다. 정민은 그것이 희한했지만 눈을 뜨거나 다른 데로 움직이지 못하겠다고 생각하며 한숨을 쉬었다. 이대로 시간이 계속해서 흐르기를. 그래서 최악의 상황에서 한 뼘이라도 멀어지기를. 지금 이 순간이 내내 이어져서 정민과 근영, 주주의 시도가 헛되지 않았음이 공고해지기를 바랐다.

정체 모를 발소리와 엔진 소리가 들려온 건 태양이 가장 높이 뜨고 서서히 안개가 걷혀 갈 무렵이었다. 정민은 손을 꼼지락거리며 모래를 움켜쥐었다. 그리고 느릿느릿 고개를 돌려 파도가 밀려왔다가 부서지는 풍경을 지켜보았다. 뱃고동 소리를 들으며 눈을 껌뻑이자, 또렷해진 시야로 군용 수송기가 들어왔다.

누가 있었다. 사숙도에 한 명 이상의 사람이 두 발을 딛고 서서 뭐라고 외쳐 대고 있었다. 그 모습을 어서 보라고 근영을 부르며 정민은 다시금 팔꿈치에 힘을 싣고 상체를 들었다.

"저기 좀…… 봐요."

정민이 속삭였다.

아주 멀리서부터 사숙도 등대의 불빛을 따라 항해해

온 이들. 생존자들이 내쉬는 숨이 바람결에 사숙도로 실려 왔다. 가까이서 근영이 신음하며 작게 욕설을 내뱉었다.

"……성공한 건가?"

"아마도요."

뺨을 타고 흐르는 물줄기가 느껴졌다. 울고 있다. 살아 있다. 더디지만 감각이 돌아오고 있다. 한 번 더 살아 보게 됐다. 누군가 삶을 관장하는 이가 있다면 기회를 준 게 아닌가 싶었지만, 그게 아니었다. 기회를 만든 건 다름 아닌 가까스로 살아 숨 쉬고 있는 정민과 근영 그리고 주주였다.

정민은 어깨를 떨며 웃었다. 얼마 못 가서 또 다른 절체절명의 위기를 만날지라도 어떻게든 추슬러서 다시 살아 낼 수 있다는 마음이 자꾸만 커져 갔다.

"다행이다……."

새로운 빛이 먼 데서 반짝이고 있고 그 빛에 이름을 붙여야겠다고 생각한 사람이 둘, 로봇이 하나 있다. 그리고 바다 너머의 그리운 이를 기다리는 노래가 귓바퀴를 타고 울려 퍼졌다.

“주주.”

아까보다 명확한 목소리로 근영이 중얼거렸다.

“이제…… 다른 노랠 좀…… 틀어 보지 그래.”

이제 사랑이든 희망이든 바다 너머에만 있는 게 아니잖아. 여기 찾아왔잖아. 근영의 투정에 정민은 실없게 웃었다. 웃음이 나온다. 지금 여기에 살아서 나는 웃고 있다. 혼자 아닌 셋이서. 같이 웃거나 머리를 맞대며 앞으로의 일을 도모할 수 있는 이들이 파도를 타고 저기 다가온다.

철과 콘트리트, 벽돌, 강화 유리 등으로 세워진 사숙도 등대는 이제 점등을 마쳤지만, 바다 너머에서 희망이 찾아왔다. 첨탑 같던 등탑 위에 정민과 유민 그리고 그들보다 전 세대의 등대원이 차례대로 머물렀던 원통형의 점등실은 온데간데 없어도 거기 누군가가 꼭 있었음을 정민은 잊지 않을 것이다.

깊은 물속에서 듣는 것처럼 웅웅 울리던 노랫소리가 증폭기를 거친 듯 점차 커져 간다. 사랑의 노래를 따라서 세상이 환해졌다.

작가의 말

등대와 천문대를 동급으로 좋아합니다. 두 시설의 역할은 전혀 다르지만, 어느 한 공간의 총체를 비추거나 들여다보려고 만든 곳이라는 이유로 한데 묶어 좋아해 오고 있습니다.

오래전 지구의 바다가 대기권 바깥의 우주보다 더 미지의 영역이라는 사실을 알고 나서 놀랐던 기억이 있습니다. 우주보다 가깝고도 먼 바다를 생각하면 지금도 설레고 두려우며, 『파로스』는 이러한 모순 감정의 파편에서 출발한 이야기입니다.

심해 괴생명체와 소녀, 등대, 멸망 그리고 용기. 몇 개의 키워드로 『파로스』의 뼈대를 세워 즐겁게 썼습니다. 세상이 끝난 것만 같은 때에도 나 스스로 "이제

끝이다!" 하지 않는 이상 끝난 게 아님을, 한번 "끝났네……" 하고 망연자실한 적 있어도 때때로 "……취소, 취소." 하면서 도로 힘을 내도 부끄러운 게 아님을 오랫동안 되새기고 싶습니다. 그래서 가슴속에 있을 등대를 꼭 점등시켜야 하는 순간 꺼내 보고 싶습니다.

용기를 내야 할 때마다 큰마음을 먹어야 하는 저는 뱃속에 가득 찬 마음 때문에(아직 소화도 되지 않은 것 같은데!) 배가 부른데도 또 마음을 먹고 용기 내어, 『파로스』를 여러분께 보냅니다.

'내일의 숲'으로 초대해 주신 전예슬 편집자님 덕분에 『파로스』를 다듬는 여정이 설렜습니다. 어딘가 울울창창한 숲에 나무 한 그루를 심은 듯한 기분은 귀하니, 작가의 말을 쓰고 있는 오늘 쓸 일기는 평소보다 많이 길어질 것 같습니다. 『파로스』의 표지를 그려 주신 오삼이 작가님께도 깊이 감사드립니다.

여성 청소년 여러분이 지금 이 순간 또는 다음 주 아니면 다음 달, 3개월 후, 내년 이맘때쯤…… 가깝거나 먼 내일 여러 공간의 서가에 꽂혀 있을 수많은 SF를 자꾸자꾸 만나기를 바랍니다. 드넓은 바다와 우주를 닮아 광막한 SF는 우리가 들여다보길 기다리고 있는 또 하나의 탐사 영역이니까요. 저 역시 지금 바로, 아니면 다음 주 혹은 그보다 더 많은 시간이 지났을 때 여러분이 발견할 수 있는 SF를 쓸 수 있도록 용기를 내서 계속 써 보겠습니다. 우선 큰마음을 먹고요!

2024년 여름
이필원

파로스

초판 인쇄 2024년 7월 24일 **초판 발행** 2024년 7월 24일
지은이 이필원
펴낸이 남영하 **편집** 전예슬 김주연 **디자인** 박규리 **마케팅** 김영호

펴낸곳 ㈜씨드북 **주소** 03149 서울시 종로구 인사동7길 33 남도빌딩 3F **전화** 02) 739-1666 **팩스** 0303) 0947-4884

홈페이지 www.seedbook.co.kr **전자우편** seedbook009@naver.com **인스타그램** instagram.com/seedbook_publisher

ISBN 979-11-6051-644-9(43810)